OVER GAME

RESTER VIVANT

OVER GAME

MATT7IEU RADENAC

FANNY VANDERMEERSCH

lemuscadier
L'éditeur qui cultive le bon sens

Dans la même collection

- *À corps parfait* (Vinciane Moeschler)
- *Barjoland* (Jean-Luc Luciani)
- *Ce point qu'il faut atteindre* (Mireille Disdero)
- *Dysfférent* (Fanny Vandermeersch)
- *Et si demain... le retour !* (Michel Piquemal)
- *Je voulais juste être libre* (Claire Gratias)
- *Juliette et Roméo* (Yves-Marie Clément)
- *Là où tu iras* (Fanny Vandermeersch)
- *Les dernières reines* (Christophe Léon • Patricia Vigier)
- *Les poupées savantes* (Arthur Ténor)
- *Mortel printemps* (Claire Gratias)
- *Pas chez nous* (Yaël Hassan)
- *Phobie* (Fanny Vandermeersch)
- *Refuge 1420* (Jean M. Firdion)
- *Trouver les mots* (Gilles Abier)

BP 60076 – 16103 Cognac cedex
www.muscadier.fr
info@muscadier.fr

Couverture & maquette : Espelette
Photographies de couverture : © scyther5/123RF
Mise en page : La Femme assise

La collection **RESTER VIVANT** est publiée sous la direction littéraire de Christophe Léon.

ISBN : 978-2-38302-002-8
ISSN : 2493-6170
1re édition – 1er tirage

1

Saphir

ElfEnzO

Hello tous ! Pas vraiment noob, mais j'ai découvert ce jeu il y a quelques jours et je galère grave. J'ai un tas de questions : quand connaît-on son équipe pour avancer ? Où se planquent les fées ?

Désolé, j'vous avais prévenus. Lol.

En plus, je suis encerclé par les orques !

Quelqu'un pour m'aider ? Pour info : je suis dans le marais englouti – niveau Saphir.

Message de ElfEnzO

Je suis nul ou quoi ?

Sur tous les forums, ils parlent de forêts enchantées, de pierres semi-précieuses, d'équipes soudées pour passer tous les niveaux… Et moi, je me retrouve seul, bloqué dans les marais sans aucun caillou magique à dispo. J'espère qu'avec ce message dans le jeu, quelqu'un pourra m'aider…

Et ce pseudo, dès que je le lis, je me trouve… ridicule ! Pfff.

J'aurais dû y penser à deux fois quand j'ai commencé. Mais impossible de le modifier sans perdre tout ce que j'ai déjà accompli. Et puis, jamais je n'aurais cru que ça me plairait autant. Mais ils sont où, ces autres joueurs ? Et ces fées ? J'espère que quelqu'un me répondra...

— Enzo, à table !

— Maman, pas maintenant, je dois finir un truc !

Allez, encore une fois, rien que pour voir.

Et si je ne trouve rien, j'arrête. Tant pis !

Féenix

« Qu'est-ce que tu fais là-dedans ? Fais moins de bruit ! »

Sa voix me fait toujours sursauter. Même trembler... Mais je ne dis rien, je le laisse hurler, je me concentre sur les autres.

C'est toujours déroutant de les voir passer comme ça devant moi, sans penser que je puisse me trouver là : elfes, chevaliers et enchanteur – au niveau Saphir, aucun d'eux n'a, pour le moment, de capacités suffisantes pour me voir. Pour ça, il faut qu'ils soient réunis. Je me retiens de leur faire un petit signe pour dire : « Coucou, c'est moi, le sixième membre de l'équipe : Féenix, l'omniprésence ! Je suis celle qui donne des conseils, votre guide sur le chemin. Ce n'est pas le rôle le plus facile… » J'ai tellement hâte que le jeu commence !

Parfois, ils tournent en rond. Comme cet elfe qui fouille le marais infesté d'orques. Pas un arbre, pas une feuille, pas une racine n'ont échappé à son regard aiguisé. Néanmoins, il ne semble pas avoir trouvé ce qu'il cherche.

Pas encore…

Il faudrait qu'on l'aide, que les autres se manifestent… J'ai besoin d'eux, tellement.

Salut ElfEnzO ! C'est ça le jeu ! Toute l'équipe est éparpillée partout dans le monde. Le premier objectif de l'équipe est de se rassembler. Moi je suis comme toi : une elfe !

Message de Lil@RosElf

En plus, maintenant que tu nous as dit où tu étais, on arrive ! Moi, j'suis chevalier !

Message de Knightgemme

Salut toi ! Pas facile au début. Je ne suis pas loin, aux montagnes de l'oubli… Moi, c'est l'enchanteur. Ne reste que l'autre chevalier et Féenix.

Message de MerlINchntrs

Bougez pas, je suis là dans trois minutes ! Moi aussi, j'suis en galère ! Et je suis le deuxième chevalier. ☺ On est donc au complet !

On devrait donc pouvoir obtenir l'aide de Féenix.

Message de Ad-Rien99

En effet Ad-Rien99 ! L'équipe réunie, je deviens concrète et peux me joindre à vous. Ensemble, on est plus fort ! Si on s'entraide, on en viendra à bout.

Message de Féenix

Cool ! Féenix, on fait quoi pour commencer ?

Message de Knightgemme

Le saphir, c'est le seul moyen d'avancer et de passer au niveau Rubis. Il faut qu'on mette la main dessus. Commençons par éloigner ces orques !

Message de Féenix

J'en dégomme déjà pas mal ! Hé hé.

Regardez ce massacre !

Message de Lil@RosElf

ElfEnzO

— Enzo, il est tard, tu vas au lit ?

— Oui oui p'pa, je finis ça et j'éteins !

Qu'il compte là-dessus !

Je viens enfin d'avoir des réponses, l'équipe est composée et les joueurs arrivent pour me sortir de ce pétrin. Déjà, les orques reculent. Quand ils seront tous là, on pourra élaborer une stratégie pour avancer et trouver les pierres qui nous guideront aux fées.

Je me demande si ce sont des gars du collège. Ou des filles après tout. Sûrement… Tout le monde y joue en ce moment.

Ce n'est pas si facile que ça, finalement. Même à plusieurs. Enfin, Ad-Rien99 a trouvé une aigue-marine*, ça sera plus simple à présent pour appeler les fées.

Mais, pour l'instant, je croule de fatigue, je n'arrête pas de bâiller.

À demain tous ! Je suis mort ! Et merci !!!

Message de ElfEnz0

Ce jeu est vraiment canon ! Demain, on est mercredi, je pourrais jouer tout l'après-midi… Mais avant, il va juste falloir supporter la matinée…

* L'aigue-marine est une pierre semi-précieuse de couleur bleue.

Féenix

Je ne sais pas si je préfère le bruit au silence. Ce dernier peut être tellement oppressant. Pourtant, les disputes fréquentes de mes parents résonnent encore dans mes oreilles. Parfois, j'ai même l'impression de les entendre et je me réveille en sursaut, le cœur battant à tout rompre, ne s'apaisant mollement que lorsque je comprends qu'ils ne sont pas là.

Je ne suis pourtant pas moins inquiète.

Ici, c'est une autre oppression qui me ronge. Je me sens enfermée entre quatre murs, avec pour seule compagnie mon oncle. Compagnie ou geôlier ? Je me pose encore la question… En tout cas, il n'a pas l'attitude sympathique qu'on pourrait attendre venant de son hôte, surtout quand ce dernier est un membre de la famille.

Ça y est, ils sont réunis : ils ont été rapides ! C'est une bonne équipe. Ils communiquent bien et y a pas à dire, ils sont astucieux. C'est bien, ça nous aidera pour la suite. Ils ne sont pas loin du passage. Les orques forment une ligne lointaine maintenant. MerlINchntrs, en tant qu'enchanteur, arrivera peut-être à les faire passer chez les fées. Enfin, il va falloir cette aigue-marine, la première des pierres semi-précieuses, qu'a trouvée le chevalier Ad-Rien99.

Il y a aussi les deux elfes, Lil@RosElf et ElfEnz0. Ils passent au crible le moindre endroit, mais ils ne comprennent pas que, pour trouver les fées qui les mèneront au saphir, il faut aussi savoir écouter. Après tout, pourquoi auraient-ils, sinon, de si belles oreilles ?

Féenix > ElfEnz0 & Lil@RosElf

Les elfes, tendez l'oreille !

Vous n'entendez rien ?

ElfEnz0

Mon téléphone n'arrête pas de vibrer. Pour l'instant, je parviens à rester discret, mais si le prof s'approche un peu trop près...

Qui peut m'écrire autant ? Ça fait un moment que les potes ne le font plus. Plus comme avant en tout cas. Qui alors ? Le jeu ? J'aurais laissé l'appli ouverte ? ou enclenché les notifications sans m'en rendre compte ?

J'enrage de ne pas savoir...

L'avantage, c'est que ça me tient en éveil. Sans ça, j'aurais somnolé, comme d'habitude…

Évidemment, c'est la seule matinée au collège où les cours s'enchaînent sans pause. Ils se sont donné le mot ou quoi ? Allez, courage, plus qu'une heure ! Enfin, c'est la pire : cours de français avec Dubois.

« Enzo, tu viendras me voir avant la fin de l'heure. »

Mon sang ne fait qu'un tour. Que me veut-il encore ? Va-t-il une nouvelle fois me rendre une sale note ? Dubois ne fait que ça. Bientôt deux ans que je l'ai. La barbe ! Il n'a pas l'air méchant pourtant. Je crois même qu'il veut m'aider. Il faudrait que j'aie le courage de lui dire que toutes les mauvaises notes qu'il me donne font tout le contraire.

Cette année, Dubois est aussi mon professeur principal. Peut-être veut-il me parler d'autre chose ? Peut-être que des profs m'ont surpris à m'endormir ?

À la maison, ce n'est pas vraiment mieux. C'est comme si un fossé s'était creusé. À chaque mauvaise note, papa hurle, et l'ambiance est plus que tendue. Tout ceci attriste maman qui semble se sentir complètement perdue… Que pourrait-elle faire pour m'aider ? pour calmer la colère de papa ? Moi-même, je ne sais pas…

Avec tout ce qui trotte dans ma tête, j'en oublie mon téléphone qui m'obsédait jusqu'à il y a encore quelques minutes…

Les gars, j'ai compris ! Mettez le son à fond !
Grâce à l'aigue-marine, on entend les fées.

Dingue !

Message de Lil@RosElf

Trop bien ! En plus, les orques battent en retraite. On te suit ?

Message de Knightgemme

Carrément ! La classe, si on trouve les fées, on se rapproche du saphir. Bien ouéj les gars !

Message de Ad-Rien99

Hum… On n'est pas tous des gars !!!

Message de Lil@RosElf

On s'en moque de toute façon. Ce n'est pas le sexe qui fait la bravoure !

Message de Féenix

MDR ! Mais à moins que je me trompe, vu vos avatars, vous n'êtes que deux !

Mais pas de souci, on vous aime, les filles !

Message de Ad-Rien99

Lol Ad-Rien99 !

Par contre, je crois qu'il faut qu'on soit tous là pour accéder au passage des fées. Non ?

Message MerlINchntrs

Il manque qui ?

Message de Knightgemme

ElfEnz0 ? T'es là ?

Message de Lil@RosElf

Il est où ton pote l'elfe ?

Lol

Message de MerlINchntrs

Je suis là, je suis là !

Je ne sais pas comment vous faites pour être tout le temps connectés. Avec le collège, je n'y arrive pas ! Et alors là, avec ce que mon prof vient de me dire... Je ne vous raconte même pas la réaction de mes parents. Je vais être privé de tel et d'ordi... ☹

Message de ElfEnz0

T'inquiète pas ! Ça va bien se passer.

En tout cas, heureusement que tu es de retour.

N'oubliez pas qu'ensemble, on est plus fort !

Message de Féenix

Féenix

Je n'arrête pas de réfléchir. Mon oncle fait partie de ces gens peu recommandables, ces personnes auxquelles on n'oserait jamais confier quoi que ce soit, encore moins la vie d'un enfant. Il est si… monstrueux. Son visage est laid et, dans ses yeux, aucune once de gentillesse. Comment peut-on me laisser là ? Quand je le vois, j'en ai des haut-le-cœur…

Je ne sais pas vraiment ce que je fais là. C'est lui qui est venu me chercher, un jour, alors que contre les murs blancs de la maison ricochaient encore les cris de ma mère. Pour une fois, mon père avait opté pour le silence. Avant de partir. Tous les deux. Ensemble, peut-être ? Je ne sais pas. Je ne crois pas. Même si je me bouchais les oreilles, je pense avoir entendu la porte claquer deux fois. Quand elle a claqué une troisième fois, c'était pour laisser entrer mon oncle qui m'a obligée à le suivre, sans sommation, et sans vouloir répondre à la moindre de mes questions. Je me souviens encore de la force avec laquelle il a saisi mon bras en voyant mon hésitation… J'en porte encore la trace.

Et me voilà ici, à faire les cent pas dans cette pièce sombre, de laquelle ne s'échappe que de l'ennui.

Parfois de la peur, aussi.

Heureusement, depuis quelques jours, je retrouve un peu de joie de vivre avec l'équipe. D'ailleurs, j'espère qu'ElfEnz0 ne va pas trop nous ralentir. Il est plutôt bon, mais pas suffisamment présent dans le jeu, par rapport aux autres. Et malheureusement, si un joueur de l'équipe abandonne, alors c'est l'équipe entière qui sera sanctionnée, et tous les joueurs devront revenir à zéro…

Promis, je vais faire de mon mieux pour rester avec vous les gars ! Et les filles aussi ! ☺

Message de ElfEnz0

J'espère ElfEnz0, sinon on devra se passer d'un elfe ! LOL

Message de Ad-Rien99

Pfff, t'es con ! Impossible de s'en passer !

Bon, trêve de blabla, on le passe ce portail ? On fait comment ? L'enchanteur, tu sais ?

Message de Knightgemme

Yes ! On met le son à fond ! Vous n'entendez pas ?

On croirait qu'il y a toujours le même mot qui revient.

Message de MerlINchntrs

Lettres ! On l'entend au moins cinq fois !

Message de Knightgemme

Lettres ? Qu'est-ce qu'on peut faire de ça ?

Message de Ad-Rien99

Pas « lettres », « le hêtre » ! Regardez, il y en a un immense là-bas !

Message de Lil@RosElf

Lol. Merci l'elfe. ☺

Message de Féenix

Bien ! Ça avance. Mais ça m'inquiète quand même, l'histoire d'ElfEnz0. S'il est puni, il ne pourra plus jouer avec nous et ce sera perdu.

Féenix > ElfEnz0

Comment vas-tu ?

Attention, l'équipe a besoin de toi. Tu es sûr que tu es dans le jeu ?

ElfEnzO

Personne n'est étonné.

Mon père dit qu'il s'y attendait et ma mère choisit de se taire. Peut-être que c'est elle qui a raison. Je n'essaie pas de justifier quoi que ce soit. Je ne sais même pas pourquoi Dubois veut nous voir.

— Tu diras à tes parents qu'il faut qu'on parle, a-t-il simplement dit.

— Mais pourquoi ? J'ai raté le contrôle ?

— Tu viendras avec eux, ça sera mieux. D'accord ?

J'ai simplement acquiescé. À l'évidence, il ne voulait pas me donner d'explications.

Depuis, ma tête est en ébullition, j'ai tout imaginé. Si le prof n'avait pas de notes, c'est qu'il avait pire à annoncer. Mais quoi ? Et pourquoi en faire un secret ?

Au dîner, cest pas qu'on soit bavard d'habitude mais, ce soir, c'était mortel. Même entre eux, ils ne parlaient pas. Je n'ai pas traîné, je me suis vite réfugié dans ma chambre, sans broncher. Ils en ont même oublié de me punir ou de me faire la leçon…

Heureusement, sinon je n'aurais pas eu ce message. Ce jeu est vraiment sympa, et cette fille a l'air cool. Mais je ne suis pas dupe, dès le rendez-vous passé, ils me confisqueront mon ordi, mon téléphone…

ElfEnzO > Féenix

Salut !

Oui, ça va. Merci. Et rassure-toi : je suis à fond dans le jeu ! J'adore !

Mes parents sont vraiment relous. Mais pas ce soir exceptionnellement. J'ai un peu peur de l'après-rendez-vous avec mon prof de français…

Féenix > ElfEnzO

Pourquoi ?

La peur, moi, je pense que ça ne sert à rien. Les dragons et les Dreadocs n'ont peur de rien. Killmort non plus.

Alors pourquoi nous, nous aurions peur ? lol

ElfEnzO > Féenix

Ça me fait penser à ma grand-mère. Elle disait que la peur c'est l'écart entre maintenant et après… C'est beau, non ?

Féenix > ElfEnzO

Très beau ! Digne des plus belles fées !

ElfEnzO > Féenix

T'as quel âge toi ?

Féenix > ElfEnzO

MDR, tu es du genre direct !

Ce n'est pas une question de gentleman ! Parfois, il faut chercher pour trouver...

À ton avis ?

ElfEnzO > Féenix

J'en sais rien. Mais peut-être que nous ne sommes pas loin, peut-être même dans le même collège...

Féenix > ElfEnzO

Allez, trêve de bavardages. Allons retrouver les autres. Comme dit l'hymne des fées, ensemble on est plus fort ! Go !!

ElfEnzO > Féenix

Ouais ! T'as raison. Trop classe ta manière d'être à fond, toi !

Jamais je n'avais passé une aussi bonne soirée. Je pourrais même dire une aussi bonne *nuit*...

Entre la partie avec les autres, les messages du jeu tous ensemble, et ceux privés de Féenix... Elle est trop bien, cette fille ! Il faudra que je relise tout, tout à l'heure – sur le matin, j'étais crevé... Au moins, j'ai complètement zappé cette histoire avec Dubois.

Féenix

On a été plus rapides que je ne l'imaginais. Portail : franchi ! Ad-rien99, avec son aigue-marine, et Knightgemme ont bien aidé en trouvant le levier caché sous les branches mortes. Pourtant, je ne suis pas sereine... Les autres n'ont peut-être pas vu. Cette fumée blanche qui s'est répandue tout autour de nous. Comme si le voile qui séparait les deux univers était tombé, laissant place au silence... un silence qui n'a rien de rassurant, semblable à celui qui m'entoure.

Qu'est-ce qu'il fait froid... Ça fait un moment que je n'entends plus mon oncle. Est-il encore là ? J'ai essayé d'ouvrir, d'aller voir... mais la porte est verrouillée. Encore ! Pourquoi ai-je l'impression d'être sa prisonnière ?

Trop cool ! Je ne pensais pas qu'il y avait tout ça derrière !

Message de ElfEnzO

L'essentiel, parfois, est invisible pour les yeux.*

Message de Féenix

Ouah ! C'est beau ça !

Message de Knightgemme

* Extrait du *Petit Prince* de Saint-Exupéry.

ElfEnzO > Féenix

Il a raison, c'est joli cette formule !

Féenix > ElfEnzO

Merci, mais concentrons-nous sur le jeu !

Vous n'allez pas me dire que vous ne voyez pas ?

Message de Féenix

Non, de quoi parles-tu ?

Message de Ad-Rien99

Tu vois quelque chose ? C'est possible !

Après tout, on a tous des capacités liées à nos personnages. Les chevaliers combattent, les elfes entendent la magie, l'enchanteur la comprend...

Toi, tu dois bien avoir un don qui aide le groupe...

Message de Knightgemme

On est censés être dans le monde des fées...
Peut-être que tu les vois, non ?

Message de Ad-Rien99

Nan ! Les fées sont des êtres magiques. Donc je ne sais pas ce que tu vois, Féenix, mais rien de magique ici.

Pas de fées...

Message de MerlINchntrs

Ça part en vacances, les fées ? LOL

Message de Lil@RosElf

Pourtant, elles devraient être là, on les a entendues !

Message de MerlINchntrs

Peut-être qu'il faut une autre pierre pour les voir. T'en penses quoi Féenix ?

Message de ElfEnzO

Oh non, les fées ! J'espère qu'il n'est pas trop tard… Je sais bien quel est le rôle de mon personnage. Mais sans les fées, le jeu n'a plus aucun intérêt pour moi puisqu'elles détiennent les clefs.

Il leur est peut-être arrivé quelque chose !

Message de Féenix

Mais si c'est le cas, comment va-t-on pouvoir trouver le saphir ?

ElfEnzO

Depuis notre conversation avec Féenix, l'autre jour, une question tourne en boucle...

ElfEnzO > Féenix

Re ! Pourquoi penses-tu qu'il soit arrivé quelque chose aux fées ? J'ai lu quelque part qu'il fallait trouver des pierres précieuses pour nous aider. Peut-être qu'en cherchant bien...

Féenix > ElfEnzO

Oui, tu as raison, les pierres sont là pour nous aider. Mais tout de même, cette fumée blanche n'augure rien de bon...

ElfEnzO > Féenix

On va trouver ! Je ne m'inquiète pas. On est une bonne équipe non ?

Féenix > ElfEnzO

Oui, c'est vrai, tu as raison.

ElfEnzO > Féenix

Et puis, il n'y a pas de fumée sans feu, comme dirait l'autre. Il doit y avoir une raison. Je vais proposer aux autres d'invoquer une pierre du passé pour comprendre ce qui s'est passé.

Féenix > ElfEnzO

Bonne idée ! On a de la chance de t'avoir dans l'équipe !

ElfEnzO > Féenix

Rien à voir mais je me demandais… j'ai bien compris que tu ne voulais pas trop parler de toi, mais est-ce que tu peux me dire dans quelle ville tu vis ?

Féenix > ElfEnzO

Il y a une géolocalisation dans le jeu, alors tous les membres d'une même équipe sont proches.

Tu ne le savais pas ?

Féenix > ElfEnzO

Ce n'est pas que je ne veux pas trop parler de moi, c'est que c'est… compliqué…

Bon, j'y ai pas mis les formes, même plutôt mes gros sabots mais, au moins, je suis fixé. J'aurais sans doute mieux fait de lire les règles du jeu avant de commencer. C'est tout de même plus facile de communiquer avec quelqu'un lorsqu'on connaît quelques infos sur elle. Et on dirait que nous partageons les mêmes problèmes…

ElfEnzO > Féenix

Le compliqué, je connais.

Je crois même que je ne connais que ça. Tu te rappelles mon problème de l'autre jour ?

Féenix > ElfEnzO

Avec ton professeur de français ? Oui, tu as pu régler ça ? J'ai eu peur que tu ne puisses plus jouer du coup...

ElfEnzO > Féenix

On verra : mon rendez-vous est demain matin, avant les cours...

Féenix > ElfEnzO

Enfin tout à l'heure tu veux dire, il est déjà 1h07.

ElfEnzO > Féenix

Si ça te dit, on se raconte nos soucis ? Peut-être qu'ensemble on sera plus fort pour trouver des solutions ?

Féenix

Je n'ai aucune nouvelle de mes parents. Je ne suis même pas certaine qu'ils sachent où je suis. Se sont-ils seulement rendu compte de mon absence ? Si oui, sont-ils inquiets ? Essaient-ils de me retrouver ? Mon oncle leur donne-t-il de mes nouvelles ? Si oui, que raconte-t-il à mon sujet ? Ou bien, est-ce eux qui lui ont demandé de venir me chercher ? Peut-être que ma présence ne leur était plus supportable. Si ça se trouve, j'étais le sujet de leurs innombrables disputes… Imaginer ça me fait tellement de peine. Mais pour quelles autres raisons laisse-t-on son enfant entre les mains d'un mec aussi ignoble ? Juste parce qu'il est de la famille ? Non, je n'y crois pas. Il est repoussant… Je ne suis même pas bien traitée ici. Repas dégueu, pas le droit de sortir…

Enfin si, hier, j'ai pu sortir de ma chambre. Je n'étais pas sereine, mon oncle m'a parlé d'une réception. Je me suis finalement retrouvée à jouer les Cendrillon et à faire le ménage. Je crois que jamais ça n'avait été nettoyé. Une fois que j'ai eu terminé, pas de robe de bal à la clef, mais le service à table… Ses copains sont tous aussi graveleux que lui. Berk ! Il y en a un qui a essayé de me mettre une main aux fesses. Quand je me suis retournée vers lui, choquée, il a fait mine de rien… Mais je ne suis pas idiote. L'espace d'un instant, j'ai hésité à en parler à mon oncle, avant de me faire une raison : il n'en aura rien à faire. Peut-être même que ça l'amuserait. J'espère ne plus jamais les revoir.

C'est avec soulagement que j'ai rejoint ma chambre et le jeu, même si je suis vraiment inquiète pour les fées. Sans elles, nous ne pourrons jamais avancer, et je ne servirai à rien à l'équipe. Ce sont elles qui détiennent les clefs pour découvrir le prochain niveau dans sa totalité. Et, accessoirement, pour débloquer mes pouvoirs… Qu'a-t-il pu se passer ?

Toute l'équipe est déjà là, sauf ElfEnz0. Encore… J'espère qu'il n'a pas été puni d'ordinateur… ou alors, il faudra qu'il trouve une solution. Quoi qu'il en soit, pour l'instant, on va devoir continuer sans lui : l'heure est trop grave !

Il faut qu'on trouve une solution, tant pis pour ElfEnz0.

Message de Féenix

J'ai fouillé le secteur : RAS.

Pas une fée, pas un bruit d'aile, NADA !

Message de Lil@RosElf

Il y a toujours la fumée ? Je suis sûr que ça a un rapport.

Message de Ad-Rien99

Hier ElfEnz0 voulait vous proposer d'invoquer le passé.

Message de Féenix

LOL ! Vous discutez stratégie entre vous maintenant ?

Message de MerlINchntrs

Ils font ce qu'ils veulent !

Jaloux MerlINchntrs ? Lol

Message de Lil@RosElf

J'ai ce qu'il faut ! La pierre de réminiscence !

Message de Knightgemme

Tu sais comment ça fonctionne ?!

Message de Féenix

Ça, j'en sais rien ! Une idée ?

Qu'est-ce qu'il fout l'elfe ?

Message de Ad-Rien99

Je suis là ! Désolé ! J'ai lu qu'il fallait qu'on pose tous la main droite sur la pierre et qu'on dise : « Passé, libère-toi. »

Message de ElfEnz0

Ça marche ! Bravo l'elfe ! Tu te rattrapes bien !

Mais ramène-toi plus tôt la prochaine fois !

Message de Ad-Rien99

ElfEnz0 > Féenix

Complètement fou ce rendez-vous !
Je ne m'y attendais pas.

Féenix > ElfEnz0

Tu me racontes ? J'ai eu peur
que tu ne viennes plus.

ElfEnzO > Féenix

Ah non, j'ai assez parlé de moi : à ton tour !

Féenix > ElfEnzO

Que veux-tu savoir ?

ElfEnzO > Féenix

Pourquoi dis-tu que ta vie est compliquée ?

Féenix > ElfEnzO

T'es un malin, toi !

Dans les grandes lignes : je ne sais pas où sont mes parents et je suis le plus souvent seule, chez mon oncle. Et on ne peut pas dire que le courant passe bien entre nous.

ElfEnzO > Féenix

Ah, dur ! Et les cours, ça va ?

Féenix > ElfEnzO

Je gère !

ElfEnzO

Quelques messages échangés avec cette fille et je suis reboosté.

Je sais bien que Ad-Rien99 a raison. Il va falloir être plus disponible sinon toute l'équipe va finir par m'en vouloir. J'aurais dû y penser en commençant. Je n'imaginais pas qu'un jeu puisse être aussi collaboratif. Pas du tout envie d'être banni, ni que les autres joueurs recommencent une partie à cause de moi…

Alors l'équipe ? La pierre de réminiscence, ça marche ? Vous voyez quelque chose ? Où sont passées les fées ?

Message de Féenix

C'est super beau ! Tu ne vois pas ?

Message de ElfEnzO

Mais non ElfEnzO, il n'y a que les enchanteurs et nous, les elfes qui pouvons voir… et visiblement, les fées sont parties. Le seul indice qu'on ait trouvé c'est une pierre…

Message de Lil@RosElf

… semi-précieuse : une turquoise* !

Message de ElfEnzO

Une turquoise !!! Apparemment c'est une habitude pour elles de laisser un moyen de les retrouver…

Féenix, tu connais ?

Message de MerlINchntrs

* La turquoise est une pierre semi-précieuse de couleur bleue.

Oui ! Ouf. Merci à vous, on est vraiment une équipe au top ! Un moment, j'ai cru que c'était fichu et que les orques avaient eu raison des fées. Bon, si elles ont fui, c'est qu'un autre danger approche. Retrouvons-les grâce à la pierre turquoise... Non loin d'elles, elle se mettra à scintiller...

Message de Féenix

Et que proposes-tu ? On se balade simplement et on attend que ça brille ?

Message de Ad-Rien99

Rien d'insurmontable. Commençons par la forêt là-bas !

Message de Knightgemme

Féenix a raison, on déchire ! On se complète bien. Le hasard a bien fait les choses. La chance, la géolocalisation, ou l'algorithme de constitution des équipes...

Prêts pour sillonner la forêt.

Coucou, alors ça s'est arrangé tes soucis ?

ElfEnzO > Lil@RosElf

Salut ! Oui, enfin je crois ! C'est gentil de demander.

Lil@RosElf > ElfEnzO

C'est rien, entre elfes, il faut bien s'entraider !

Lil@RosElf > ElfEnzO

Alors pas privé d'ordi finalement ?

ElfEnzO > Lil@RosElf

Et non !

C'est étrange, les choses ont tourné en ma faveur.
Et, finalement, il n'en est même plus question…

Si je la connaissais mieux, je lui raconterais bien. J'aurais préféré le confier à Féenix, mais je n'ai pas encore eu l'occasion. C'était quand même dingue ce rendez-vous.

Monsieur Dubois nous a reçus le sourire aux lèvres et, moi, j'avais tellement peur. J'avais tout imaginé et, à la tension qui avait envahi l'habitacle de la voiture, papa et maman aussi.

Le rendez-vous a commencé par un raclement de gorge. Monsieur Dubois cherchait ses mots. Mauvais signe.

Papa me lançait un regard noir comme s'il pressentait ce que le professeur allait annoncer.

« Monsieur et Madame Colin, a-t-il alors commencé. Vous n'êtes pas sans savoir les mauvaises notes d'Enzo ? »

Ils ont acquiescé en gardant le silence. Moi, j'ai juste baissé la tête.

« Et si tout ceci avait une explication ? Vous l'êtes-vous déjà demandé ? »

Quoi ? Que dit-il ? Je redresse la tête, fronce les sourcils. Il cherche une explication… Vraiment ? Mais non, j'ai dû mal entendre. Ce n'est pas possible. Comment puis-je être si chanceux, moi ? J'ai un prof qui, après plusieurs mauvaises notes, cherche une raison et non une sanction. Dingue ! Mais non, impossible, c'est clair que je n'ai pas compris. Je suis venu comme on vient voir un bourreau qui rend mauvaise note sur mauvaise note et, finalement, mon guillotineur veut m'aider.

J'avoue ne pas avoir réussi à tout suivre de leurs échanges tellement j'étais ailleurs. Il n'était pas question de mon inattention en classe, de mes moments d'égarement à être hypnotisé par ce qui se passe derrière la fenêtre ou à ces heures où je me suis assoupi… Au lieu de cela, il a parlé de *précocité*. D'ennui, bien sûr. Mais comme une explication à ces longues heures à attendre que les cours deviennent intéressants. Mes parents étaient très attentifs. Les traits de papa se sont détendus. Monsieur Dubois leur a donné une carte : celle d'un spécialiste, a-t-il souligné, pour faire un test et valider son hypothèse.

Il a suggéré qu'ils ne s'inquiètent pas de mes résultats ni de ma perte d'attention. Il a même conseillé de me laisser m'épanouir dans mes loisirs et de me faire des amis. Je n'en revenais pas. Je n'y croyais pas plus mais... pourquoi pas. Quoi qu'il en soit, le rendez-vous a été salvateur. Mon père m'a parlé après comme il ne l'avait plus fait depuis longtemps.

« Je sais, moi, que t'es un gars intelligent. »

Quelques mots que je me répète depuis...

J'ai expliqué à maman, que le jeu me permettait de me faire des amis et elle va me laisser jouer plus souvent... Il faudra que je pense à remercier Monsieur Dubois. Je ne crois pas qu'il réalise le bien qu'il m'apporte... Bon, après, il faut que je me renseigne sur ce spécialiste. Maman a pris le rendez-vous pour jeudi prochain.

Hey, les gars ! ça brille ou je rêve ?

Message de Lil@RosElf

Féenix

Je tourne comme un lion en cage, ici. Il faut dire que je me sens seule, tellement seule… J'ai froid, aussi. Parfois, j'arrive à envisager le bout du tunnel, à imaginer qu'il existe une issue. Un soir, j'ai même cru entendre la voix de mes parents. Mon cœur s'est mis à battre la chamade tant j'étais surexcitée à l'idée de les revoir… J'allais enfin pouvoir quitter cette pièce sordide ! J'ai mis du temps à réaliser que ce n'était qu'une illusion. Dire que j'ai souvent secrètement prié pour ne plus les entendre, tant leurs disputes me devenaient insupportables… Comme je le regrette !

D'autres fois, je sens le désespoir m'envahir progressivement. Ma vie, ce n'est pas une vie… En tout cas, pas celle-ci. J'ai l'impression qu'on m'a volé le peu de bonheur et de liberté que j'avais.

Heureusement qu'il y a ce jeu, ces joueurs… Sans cette petite lueur d'espoir, je ferai sans doute des bêtises… De toute façon, à qui je manquerai ?

On a repéré les fées. On avance. Lentement, mais sûrement. Je devine toutefois une menace qui gronde. Et je ne parle pas de simples orques. Non, quelque chose de plus puissant. Quelque chose qui entraînera un déferlement de violence. À moins qu'ils arrivent à le (ou les) contenir ?

Un combat approche. C'est sûr qu'il leur faudra plus qu'une aigue-marine et qu'une pierre turquoise pour nous aider. Et je ne suis pas certaine qu'on soit suffisamment forts pour affronter cela. Oh non !

Ça brille, oui ! Super, Lil@RosElf ! Tu as l'œil ! Approchons-nous vite ! Nous avons perdu assez de temps.

Message de Féenix

J'en vois une !

Mais c'est bizarre, elle ne bouge pas.

Message de ElfEnzO

Oui, et la lumière vacille. Elle doit être blessée. Allons-y !

Message de Lil@RosElf

Oh non ! C'est la fée Elysa, c'est elle qui monte la garde. On doit réussir à la faire parler !

Elle n'a pas l'air en bon état ! Regardez, son aile droite est arrachée.

Message de MerlINchntrs

Elle est blessée. La pierre turquoise devrait l'aider. Lil@RosElf approche-toi d'elle, et pose délicatement la pierre sur elle.

Message de Féenix

Ça semble fonctionner. On dirait que l'aile se recoud. Trop fort !

Message de ElfEnzO

Maintenant, écoutez ce qu'elle a à dire...

Message de Féenix

Et on fait comment ?

Message de Knightgemme

On reprend l'aigue-marine !

Message de Ad-Rien99

Tu l'as gardée ?

Message de MerlINchntrs

Évidemment ! Elle est dans mon inventaire ! On ne se sépare pas d'une pierre comme ça !

Message de Ad-Rien99

Bravo gars !

Message de MerlINchntrs

Alors, les elfes, à vous de jouer. Qu'apprenez-vous ?

Message de Ad-Rien99

Elle parle d'une attaque des nains et des ogres. Ils sont venus s'allier aux orques, créatures d'un niveau pourtant inférieur... Mais heureusement, les fées ont réussi à les faire repartir au niveau Rubis mais, du coup, elles ont été kidnappées...

Message de ElfEnzO

Il ne nous reste qu'une pierre précieuse à trouver pour passer à ce niveau justement !

Message de Ad-Rien99

Yes ! Au boulot !

Message de MerlINchntrs

ElfEnz0 > Féenix

Ouille ! Elle a eu chaud, la fée !

Féenix > ElfEnz0

Oui. Encore un peu et c'était la fin. J'ai eu tellement peur !

ElfEnz0 > Féenix

Oh, tu sais, ce n'est qu'un jeu !

Féenix > ElfEnz0

Oui, c'est ce que tu te dis mais je m'accroche à ce que je vis avec vous, l'équipe. Comme je te l'ai déjà dit. Je n'ai que ça...

ElfEnz0 > Féenix

Je comprends...

Tu ne me demandes pas comment s'est passé mon rendez-vous ?

Féenix > ElfEnz0

Oh, pardon, j'ai oublié.

Et voilà qu'il m'envoie des messages à la chaîne. Je ne comprends pas vraiment ce qu'il raconte. Ce qu'on vit ne se ressemble tellement pas. Il est si enjoué, si vivant…

ElfEnzO > Féenix

Quelque chose ne va pas ?

Féenix > ElfEnzO

Non, pourquoi me poses-tu cette question ?

ElfEnzO > Féenix

Je te sens… différente.

Féenix > ElfEnzO

Je suis un peu distraite. Et inquiète aussi mais ça passera, ne t'en fais pas.

ElfEnzO > Féenix

Tu es sûre ? ? ?

Je ne peux parler du mal-être que je ressens : il ne comprendrait pas. À chacun son fardeau…

ElfEnzO

Quand j'entends les parents monter, j'éteins rapidement l'écran et file au lit. Ils m'ont permis de jouer mais pas si tard que ça, et il vaut mieux ne pas en demander trop pour l'instant. Le rendez-vous avec l'orthophoniste est demain…

— Tu penses vraiment que ce prof a raison ? chuchote maman.

— Je ne sais pas, lui répond papa qui entre dans ma chambre sur la pointe des pieds.

— Il est intelligent, j'en suis convaincue, mais…

— À haut potentiel ? J'ai envie d'y croire. Pourquoi nous l'annonce-t-on alors que maintenant ?

Ils passent tous les deux me voir, comme quand j'étais plus jeune. Moi, je fais mine de dormir, je ne veux rien rater de leurs échanges. Ils se posent autant de questions que moi. La voix de maman trahit son inquiétude :

— Regarde comme il est beau, notre champion, murmure-t-elle avant de me déposer un baiser sur le front.

Papa ne dit rien, mais je devine qu'il acquiesce. Je les entends s'éloigner et rejoindre la chambre voisine. Je pensais me relever et continuer le jeu sur mon portable sous ma couette… Mais que se passera-t-il si, demain, le bilan du rendez-vous n'est pas bon ? Si, finalement, je suis banal ? sans intelligence particulière ? Et si on se rend compte, au contraire, que j'ai une intelligence inférieure à la moyenne ? Je dois pourtant bien avoir quelque chose sinon je parviendrais à m'intéresser, à me concentrer sur ce que disent les profs. Pourquoi les autres y arrivent ?

⊙

Je n'ai trouvé le sommeil que tard. J'ai guetté le chuchotement de papa et maman et toutes ces questions… J'attends tellement après ce rendez-vous. La journée va être longue. Je me promets de tout faire pour être au top toute la journée et de suivre les cours. Dans le bus, je me connecte rapidement au jeu…

Lil@RosElf > ElfEnzO

Coucou, comment ça va ?

ElfEnzO > Lil@RosElf

Ça va, merci et toi ?

Aujourd'hui grosse journée pour moi !

Lil@RosElf > ElfEnzO

Pareil ! Je te dis A+ dans le jeu alors !

Pas le temps de répondre. Le bus vient de s'arrêter et nous sommes devant le collège. Monsieur Dubois est là, planté comme un i et semble attendre quelqu'un. Moi ?

— Enzo ! s'écrie-t-il à peine suis-je sorti, j'ai des personnes à te présenter.

À ces mots, il se décale pour faire place à trois élèves. Le club échecs du collège. Enfin, le club des *loosers*, comme tout le monde les appelle. Paul, élève en troisième, Nadia, la déléguée des quatrièmes et un petit sixième à lunettes. Je crois qu'il s'appelle Barnabé. Qu'est-ce qu'il me fait, Dubois ? Qu'a-t-il encore concocté ?

— Tu sais, me dit-il à part, comme je vous en ai parlé, à toi et à tes parents, je trouve qu'il serait bien que tu te fasses des amis…

— Mais le club échecs, le coupé-je… sérieusement ?

En souriant, il opine de la tête puis me présente aux autres. Cela fait, il s'éclipse et nous laisse.

— Bonjour Enzo, commence Nadia. Nous allons te montrer nos tables-échiquiers.

— Ça tombe bien, poursuit Barnabé en remettant ses lunettes. À trois, ce n'était pas évident de jouer !

Son sourire est presque effrayant. Qu'est-ce que c'est que ce piège ? Je m'étais pourtant promis d'être au top… Mais là… quelle galère ! En nous séparant pour rejoindre nos cours respectifs, je m'approche de Paul qui a l'air le plus normal des trois et lui murmure :

— Vous ne trouvez pas bizarre d'être que trois dans votre club ?

— Non pourquoi ?

— Et vous vous entendez bien ?

— Ouais enfin… Tu sais, on ne fait que jouer ensemble. Nadia ne parle pas trop… et Barnabé ne jure que par le latin.

Au même moment, Dubois passe et me voit en discussion avec Paul. Il me fait signe et sourit. J'ai envie de me pendre. Mais pas tout de suite, j'ai maths avec Monsieur Hummel.

Au début, j'y mets du mien, je me concentre. J'étais bon avant et ça reste des chiffres qu'on additionne ou qu'on multiplie… Mais, très vite, Hummel use d'expressions comme *la dernière fois*, comme *au dernier cours*, comme *dans le dernier chapitre*... et je me perds. Je me noie plutôt. J'en ai des sueurs froides. Je sens le mal de tête arriver, des vertiges...

« Monsieur ? Est-ce que je peux sortir s'il vous plaît ? »

Je n'ai aucun mal à le convaincre. Je dois être livide. Dans les couloirs silencieux, je me sens fébrile... Je titube jusqu'aux toilettes...

Je m'asperge d'eau et respire fort. Ce n'est que la première heure. La journée s'annonce longue. Quelle heure est-il ? Je saisis mon téléphone et, sans vraiment le vouloir, je fais glisser mon doigt sur les cinq notifications du jeu.

Les chevaliers ont trouvé les pierres semi-précieuses qu'il nous manquait, encore un combat et nous passons dans les terres de l'oubli pour débusquer le saphir. Puis à nous le niveau suivant !

Elysa nous a bien aidés.

Aux elfes d'intervenir pour nous guider...

Message de Féenix

Terres de l'oubli : nous voilà !

Mais... je crois que j'ai oublié le chemin ! Lol

Désolé, fallait que je la fasse !

Message de Lil@RosElf

MDR

Message de MerlINchntrs

N'importe quoi, Lil@RosElf ! Mais, au moins, ça m'a fait sourire. Je sais comment y aller. Quand je ne joue pas, je lis tous les forums sur le sujet. Il nous faut une calcédoine, mais les garçons en ont peut-être trouvé une. J'explique alors à tous comment faire...

Un gargouillis me noue le ventre. J'ai faim. Je ne sais pas combien de temps je suis resté assis là. J'ai vaguement entendu la sonnerie et vu des gars passer. Mais je n'ai fait attention à rien ni à personne. Il est presque 11 heures...

Féenix > ElfEnzO

Tu es vraiment précieux pour l'équipe, Enzo !

Merci à toi ! Ton idée de calcédoine, c'était du génie ! Tu n'es pas sans savoir que des deux elfes, un seul sera celui qui délivrera la princesse des fées. J'ai comme l'impression que ça sera toi !

Féenix

Décidément, ce garçon m'impressionne. Il a des ressources que je ne soupçonnais pas. Il réfléchit rapidement et sa logique l'aidera. Je me demande ce qu'il donne en revanche en combat… mais je vais rapidement le savoir.

Vous avez remarqué quelque chose ?

Message de Lil@RosElf

Non, qu'y a-t-il ? Tu as entendu du bruit ?

Message de Ad-Rien99

Non, c'est le contraire… Il n'y a plus un brin de vent, plus un chant d'oiseau !

Message de Lil@RosElf

T'as raison. Ça n'augure rien de bon. Les chevaliers devant ! Ça sent la castagne ! On va enfin pouvoir se défouler un peu !

Message de Knightgemme

Je suis prêt mon gars !

Message de Ad-Rien99

Ça ne va plus tarder, je les entends.

Message de ElfEnzO

Les ?

Message de MerlINchntrs

Oui, ils sont plusieurs ! On dirait qu'ils courent...

Message de ElfEnzO

Certainement les Dreadocs... On doit les combattre avant d'accéder aux Terres de l'oubli...

Message de Féenix

Allez ! Sur le front arrière, mais je suis prête ! On n'a peur de rien ! On est une équipe au top !

Message de Lil@RosElf

Tiens, Lil@RosElf a l'ouïe fine, un bon point pour elle.

Le ciel s'est obscurci. Le vent se lève à nouveau, son souffle est plus froid : aucun doute, ce sont eux : les gobelins ! Et ils veulent en découdre...

Bravo ! On a réussi !

Message de Ad-Rien99

Purée, c'était pas facile !

Je crois qu'il y en a un qui m'a mordu !

Message de MerlINchntrs

On pourra utiliser la tanzanite* pour nous guérir.

Message de Féenix

* La tanzanite est une pierre fine couramment utilisée en joaillerie, souvent de couleur bleue.

Je crois que j'ai réussi à en tuer dix à moi tout seul ! La hache, y a que ça de vrai !

Message de Knightgemme

Oh ! Comme il se la raconte l'autre ! Sans mon épée, tu n'aurais plus de tête mon gars !

Message de Ad-Rien99

ElfEnzO > Féenix

Alors, rassurée ?

Féenix > ElfEnzO

Oui ! Tu t'es plutôt bien battu pour un elfe !

ElfEnzO > Féenix

Je n'avais pas le choix, ils étaient trop nombreux pour nos chevaliers...

Féenix > ElfEnzO

Bravo, en tout cas. Je suis épatée.

ElfEnzO > Féenix

Arrête, je vais rougir ! LOL

Quelqu'un a vu Lil@RosElf ?

Message de Ad-Rien99

Mince, t'as raison ! Je l'ai vue pendant le combat, mais après… je l'ai perdue de vue. Ça allait tellement vite !

Message de MerlINchntrs

Elle est là ! Dans le feuillage !

Message de Féenix

Pourquoi elle ne se lève pas ?

Message de ElfEnzO

Je crois qu'elle est blessée !

Message de Ad-Rien99

Mince ! Je n'avais pas pensé à ça. Le combat était tellement violent ! Il faut qu'ils la sauvent, coûte que coûte !

ElfEnzO

Mais qu'est-ce qui se passe ? Pourquoi ne répond-elle pas ? Tout le monde s'excite mais peut-être ne peut-elle tout simplement pas se connecter ? Enfin, j'espère que ce n'est que ça… Allez, je lui envoie un énième message…

ElfEnzO > Lil@RosElf

Hey ! Je pense que tu as compris que toute l'équipe s'inquiète… Je suis là si besoin. Entre elfes, il faut bien s'entraider…

« Enzo ! Mais tu es là ! »

La surprise me fait sursauter et presque lâcher mon téléphone. Monsieur Dubois sait soigner ses entrées. Je ne l'avais jamais vu tant en colère.

« On te cherche partout ! crie-t-il. Monsieur Hummel nous a parlé de ton envie de sortir de classe mais, depuis, ni Madame Berry ni moi ne t'avons eu en cours. Ne me dis pas que tu étais ici tout ce temps… »

J'ai bien envie de lui répondre que je me battais contre une armée d'orques, que j'ai utilisé une tanzanite pour soigner un ami enchanteur, que je m'inquiète pour une amie elfe… Mais impossible. Il me prendrait pour un fou et, vu son regard noir, il n'écouterait même pas. Au lieu de ça, j'essaye de lui dire que j'ai bien tenté de suivre, mais que j'ai eu ce mal au crâne et… Mais ça non plus, il ne l'entend pas.

Il se lance alors dans un monologue sur mon sérieux, mon implication mais aussi sur ce qu'il fait pour moi… Je ne le quitte pas des yeux, je le laisse parler. Brusquement, il se tait. Le silence envahit les toilettes où je me rappelle soudain que nous sommes. Puis il s'excuse… Il s'est emporté. C'est vrai que, d'ordinaire, il est très calme et sa voix est toujours posée. À bien y réfléchir, jamais il n'était sorti de ses gonds. Il faudra que je lui demande pourquoi il est comme ça avec moi…

Je lui fais non de la tête et m'excuse à nouveau. Je sais qu'il a raison et qu'il cherche à m'aider. Je me trouve tellement nul. Cette promesse que je m'étais faite à moi-même…

Dans le couloir, je le suis. Sans un mot. Je ne sais pas où il nous amène avant de me retrouver devant le local du club échecs. Barnabé m'accueille d'un large sourire alors que Nadia et Paul semblent en pleine partie.

« Super, me lance-t-il en remettant ses lunettes sur son nez. On fait une partie ? »

Je lève ma tête vers Dubois. J'aimerais bien qu'il me sauve de ce traquenard. Mais il me fait signe de m'asseoir. Ce que je fais. Barnabé s'empresse de prendre place en face de moi. Il est si enjoué… Je souris du coin des lèvres.

Comment va-t-il prendre que je ne sache même pas jouer…

Étonnamment, il prend le temps de m'expliquer et même si, au début, je ne fais aucun effort, il persévère. Je me marre. Lui aussi.

Comment un pion peut vaincre un chevalier ? Comment une reine peut se retrouver sur le champ de bataille ? Et depuis quand les fous sont-ils aussi utiles ? Nadia et Paul quittent même leur jeu pour se joindre à notre fou rire.

Finalement, même si je ne l'aurais dit à personne, j'ai bien aimé ça. L'après-midi passe plus vite que je ne l'aurais imaginé… Je repense à Lil@RosElf. Je me demande qui elle est… Peut-être a-t-elle, elle aussi, des soucis à l'école… Peut-être qu'elle a été punie d'ordi… Et si elle était du collège ? Il y a bien Émilie, en 5C, avec toutes ses sales notes, elle pourrait rivaliser avec moi. Il faudrait que je tente de lui demander si elle joue aux jeux en ligne… De toute façon, je ne connais pas de Lila ni de Rose, et encore moins de Lila-Rose.

Puis papa vient me chercher. Nous récupérons maman à son travail et nous nous retrouvons à patienter dans la salle d'attente du docteur Bernard. Je sens le stress monter. Et si le spécialiste découvrait ce que je crains le plus ? Que je suis un raté fini… Mon téléphone vibre. J'ai envie de regarder mais… Non. J'ai réussi à résister jusqu'à présent. Je veux me concentrer sur les réponses que je lui donnerai. Monsieur Dubois m'a dit que le doc allait me poser plein de questions, me faire faire des tests dans tous les sens… Je me sens comme avant un contrôle pour lequel je n'aurais pas révisé.

« Enzo ? »

J'opine du chef. Je déglutis. J'ai des sueurs froides. Le docteur Bernard est là. Tout sourire sous sa moustache. Aucune blouse blanche. Aucune inquiétude dans les yeux.

Je me sens obligé de me lever. Je regarde papa et maman qui m'invite à y aller. Je suis au pied du mur… Tant pis. J'emboîte le pas au doc.

Qu'est-ce que ferait un elfe en allant droit dans un piège ?

Féenix

Féenix > Lil@RosElf

Tout va bien ?

Féenix > Lil@RosElf

Il faut que tu te reconnectes, même quelques minutes, et donne une potion à ton elfe.

Féenix > Lil@RosElf

C'est une question de vie ou de mort…

Ils sont si proches ! Que fait l'elfe ? Ils avaient pris un bon rythme et, avec son absence, ils vont prendre du retard… Et, surtout, si elle ne réveille pas son personnage, elle ne pourra plus le régénérer et ce sera la fin du jeu. Je ne peux pas envisager ça. C'est tout pour moi ! Et si j'essayais de m'enfuir d'ici ? Quand mon oncle dort, je pourrais me faufiler dehors… Je n'ai jamais osé. Et si c'était possible ?

Féenix > ElfEnzO

Tu as des nouvelles de Lil@RosElf ?

Féenix > ElfEnzO

Toi aussi tu disparais ???

Mais qu'ont-ils tous à ne pas répondre ?

Alors, qu'est-ce qu'on fait ?

Message de Ad-Rien99

On attend, il n'y a plus grand-chose d'autre à faire !

Message de MerlINchntrs

Elle est soignée de toute façon, non ?

Message de Knightgemme

Les blessures extérieures, oui, mais pas intérieures. La tanzanite ne soigne que ce qui se voit. Elle doit boire une potion avant que toutes ses forces ne la quittent.

Message de Féenix

ElfEnzO

D'emblée, il me dit qu'il a vu mes parents il y a deux jours. Ils m'ont menti ou ils ont omis de me le dire. Ce qui revient au même… Je suis dégoûté. Terrorisé aussi… Je ne décroche pas un mot. Tout ce que je vais dire, il va le noter, l'analyser et me juger. Après tout, si je ne dis rien… impossible qu'il puisse délivrer sa sentence.

Deux heures de tests, quinze épreuves durant lesquelles je me demande bien comment le docteur va pouvoir se faire un avis sur moi. Des chiffres à mémoriser, des ressemblances à débusquer, du vocabulaire à définir, des puzzles à reconstituer, des cubes à empiler, des codes à déchiffrer… Pfff. Sait-il simplement ce qu'il fait, ce spécialiste ? D'épuisement, je lui réponds tant bien que mal. Je suis persuadé que, de toute façon, il va inventer un rapport. Il a déjà dû décider ce qu'il va y écrire…

Puis il invite mes parents à rentrer dans son bureau. Je tremble. Voilà, c'est le moment tant redouté. Le mage noir va m'exécuter devant mes parents qui ne vont rien dire. Peut-être même vont-ils le payer pour assister à ça ?

Mes parents me lancent des regards interrogateurs, mais mon cœur me fait mal. J'ai les mains moites. Je suis hypnotisé par cette moustache…

« Le bilan s'est bien passé, vous aurez le retour dans une semaine. Sauf si je parviens à le rédiger avant. Quoi qu'il arrive, dès qu'il est fait, nous nous reverrons… »

C'est la douche froide. La pression qui retombe. Je manque de me sentir mal. Puis je pense au positif de ce délai. De ce *répit*, devrais-je dire. Pendant tout ce temps, je vais pouvoir encore profiter de mon ordinateur et du jeu. Mon téléphone vibrait tout à l'heure. Je n'ai qu'une hâte, qu'on sorte de là, et que je consulte mes notifications. Sûrement Lil@RosElf ou Féenix, ou l'équipe…

Désolée ! J'ai une vie IRL* aussi… et je n'avais plus de batterie.

Message de Lil@RosElf

Prends un chargeur la prochaine fois ! Moi je recharge le mien dans la salle de cours discretos, ou dans les toilettes LOL !

Message de Ad-Rien99

Ça y est, je suis à 97 %. À nous le niveau suivant !

Message de Lil@RosElf

Yeah ! À nous les ogres et les nains ! On va en faire qu'une bouchée !! MIAM !

Message de ElfEnzO

Lil@RosElf > ElfEnzO

Je t'ai manqué ? LOL

ElfEnzO > Lil@RosElf

LOL ! J'avoue avoir eu un peu peur…

T'étais coincée en cours ?

Lil@RosElf > ElfEnzO

Mais non t'inquiète ! En plus, vous ne réussirez pas sans moi. Lol. On va le faire roquer, le roi des orques.

À nous le niveau Rubis !

* IRL (In Real Life) : acronyme faisant référence au monde réel.

ElfEnzO > Lil@RosElf

On va le faire quoi ?

Ton clavier bégaie ? Il écrit ce qu'il veut ?

Ça m'arrive tellement de fois ! MDR

Lil@RosElf > ElfEnzO

Non non ! Tu connais pas le verbe « roquer » ?

ElfEnzO > Lil@RosElf

LOL ! Parce que ça existe vraiment ? Je pensais que tu voulais écrire « orque ».

Il me semble que mon prof de français, Monsieur Dubois, aurait parlé d'anagramme...

ElfEnzO > Lil@RosElf

T'es fâchée ?

Soit je l'ai vexée, soit elle a encore un problème de connexion. Peu importe. Il faudrait aller tourner les pages du vieux dico de maman. Mais impossible, je subis une rafale de questions. Mes parents veulent tout savoir : quels tests j'ai passés, comment j'ai répondu, etc. Ils ne me lâcheront qu'une fois qu'ils seront rassasiés, alors j'essaye de ne rien oublier. Papa enrage d'attendre encore une semaine. Je fais mine que moi aussi avant de retourner dans ma chambre, rejoindre le jeu...

Féenix > ElfEnzO

Alors, ces tests ?

ElfEnzO > Féenix

Pitié ! Non ! Pas encore !

Je viens de passer un repas entier à supporter un véritable interrogatoire.

On est bon, là, non ?

Féenix > ElfEnzO

Tu parles de l'équipe ?

ElfEnzO > Féenix

Oui ! Il me semble qu'une fois aux Terres de l'oubli, il ne nous restera qu'à combattre un garde Dreadoc, et à nous le niveau Rubis !

Féenix > ElfEnzO

Effectivement ! Mais à ce que j'ai entendu sur les Dreadocs, ils ne sont pas si faciles à battre. Au moins, il n'y en a qu'un... Mais bon, tu as raison, on est à deux doigts d'avoir le saphir. ☺

ElfEnzO > Féenix

Allez ! Ensemble on est plus fort !

Hey ! Ça vous dit qu'on le récupère ce soir, ce saphir ?

Message de ElfEnz0

Carrément !

Message de MerlINchntrs

Ça fait plaisir un elfe au taquet ! Tout le monde est bien dispo ? On aura besoin de toute l'équipe pour le Dreadoc !

Message de Féenix

Toujours prêt !

Message de Knightgemme

En plus, on a des tonnes de pierres précieuses dans l'inventaire ! On a de quoi en faire de la charpie !

Message de Ad-Rien99

Présente ! Et prête à en découdre !

Message de Lil@RosElf

Je n'avais jamais remarqué comme cette fille se la joue intello. Elle n'aurait pas pu simplement écrire qu'elle était prête ? Peu importe. Je sais bien que je suis agacé : elle prend le temps de répondre à l'équipe mais à moi. Pfff. Les filles sont tellement compliquées...

Féenix > ElfEnz0

Merci ElfEnz0 ! T'es au top ! Je suis contente que tu sois dans notre équipe !

Enfin, elles ne se ressemblent pas toutes… et tant mieux !

C'est bon. Ils sont tous dispos. C'est parti pour une nuit de folie ! Je sais que mes parents vont monter, je m'installe donc en conséquence. Sous la couette, à l'affût du moindre craquement de parquet. Hors de question de faire faux bond à l'équipe !

Féenix

Comme je me sens bien ce soir ! Oui, il faut faire abstraction de cette pièce lugubre. Heureusement qu'il y a cet ordinateur portable et cette connexion Internet – même si de nombreux sites sont bloqués. Mais, après des heures de stress, je respire enfin un peu mieux. Je sais que la dernière étape, l'affrontement avec les Dreadocs, ne sera pas facile, mais ils sont à nouveau tous là, prêts, motivés, et ils ont déjà prouvé leurs capacités. Je suis toujours aussi agréablement surprise par Enzo, qui a pris un réel goût au jeu… Sa présence dans l'équipe me donne de l'espoir !

Je ne sais pas expliquer pourquoi mais, avec lui, je me sens moins seule. Je crois qu'il m'insuffle le courage qu'il me manquait. Je vais tenter de me sauver. Vivre loin de mon oncle, qui me prend pour son esclave… Être enfin libre ! Je m'en sens capable. J'aimerais retrouver mes parents, aussi.

J'ai déjà envoyé un mail à mon père, mais il ne m'a pas répondu. Je ne sais même pas s'il l'a lu. Je ne peux pas les appeler, je n'ai pas pris mon téléphone portable et je n'ose pas demander celui de mon oncle. Mais j'ai vu un téléphone fixe dans le salon : il faudrait que j'ose l'utiliser…

Je pourrais demander de l'aide bien sûr. Crier, alerter – après tout, avec Internet, tout est possible… Mais si je me trompais et qu'il voulait simplement bien faire ? Avec mes parents je ne sais où, je serai placée ailleurs et ça sera probablement pire encore…

Et comment ferai-je pour rester en contact avec l'équipe ? Je me dis que, parfois, il vaut mieux se contenter de ce qu'on a. Ce n'est pas le paradis, loin de là, mais, au moins, j'ai à manger et je les ai, eux… mon équipe !

Vous savez où on trouve les Dreadocs ? On est quasiment sur les Terres de l'oubli !

Message de ElfEnzO

On avance, on verra bien. J'imagine qu'on les remarquera !

Message de MerlINchntrs

On sait à quoi ils ressemblent ?

Message de Knightgemme

J'ai lu sur un forum qu'ils peuvent apparaître sous des formes différentes. N'oublions pas que ce sont des magiciens ! Mais, la plupart du temps, au premier niveau, ils ont une forme humaine. C'est après que ça se complique !

Message de ElfEnzO

OK ! Bon, chaque chose en son temps.

Message de Knightgemme

Ça va le faire les gars ! Et les filles !

Message de Ad-Rien99

ElfEnzO

ElfEnzO > Lil@RosElf

Ça va ? Tu auras assez batterie ? LOL

Lil@RosElf > ElfEnzO

MDR

ElfEnzO > Lil@RosElf

Je plaisante ! Mais je suis content que tu me répondes.

ElfEnz0 > Lil@RosElf

Tu te sens assez en forme ?

ElfEnz0 > Lil@RosElf

???

Allez, on se concentre sur le jeu !

Message de Lil@RosElf

ElfEnz0 > Lil@RosElf

Tu écris ça pour moi ?

Oh oui ! Surtout que regardez, là-bas,
à gauche de la ligne d'arbres...

Message de MerlINchntrs

Oh ! La vache ! Ils sont combien ?

Message de Lil@RosElf

J'en compte 9...

Message de Ad-Rien99

J'espère que vous avez mangé des barres
énergétiques ce matin les chevaliers !

Message de Lil@RosElf

Féenix > ElfEnzO

Un grand moment arrive ! Éblouis-moi. ☺

ElfEnzO > Féenix

Arrête, je vais rougir, encore ! LOL
Et ça ne va pas à mon teint pâlot d'elfe !

Regardez, ça bouge !

Message de Ad-Rien99

Ils chargent !

Message de Knightgemme

Ça fait déjà un moment que les parents sont allés se coucher. Il est presque 2 heures du matin. Je suis épuisé. Je force sur mes yeux pour les garder ouverts et la lumière de l'écran de mon portable commence à devenir plus que désagréable. Mais hors de question d'abandonner… Le combat fait rage. Toute l'équipe est à fond, et ce malgré l'heure tardive… Seule l'autre elfe semble s'être endormie. Notre enchanteur use toutes les pierres que les chevaliers nous ont trouvées. On retrouve notre énergie vitale encore plus vite qu'on ne la perd… Lorsque le dernier Dreadoc tombe, je suis exténué. Nous nous promettons tous de nous reconnecter demain…

Avant de succomber au sommeil, je repense à ces monstres… Il ne devait y en avoir qu'un… Pourquoi y en a-t-il eu neuf ?

Le réveil se rappelle à moi comme un écho lointain. J'ai la tête si lourde. Je ne veux pas y aller… Pourquoi aujourd'hui n'est pas un jour férié ? Pourquoi a-t-on inventé l'école ? Et pourquoi la commencer si tôt ? Je râle mais je dois jouer la comédie. J'entends papa qui sifflote de la cuisine, et l'eau qui coule me signale que maman est sous la douche. D'ordinaire, je devrais déjà être face à mon père, son café et mon bol de céréales entre nous… Pas sûr d'être convaincant. Je prétexte un début de grippe en simulant des maux de ventre.

— Ça va aller quand même pour le collège ? me demande maman.

Je hoche la tête en tenant mon ventre. Peut-être est-ce surjoué mais j'ajoute :

— Non, je veux y aller, j'ai promis à Monsieur Dubois…

Même moi, je ne me serais pas cru, mais ça passe quand même.

Arrivé au collège, je longe les murs, je ne veux surtout pas tomber sur lui, ou sur un de ces accros du club d'échecs. Ah ça, non merci. Aujourd'hui, j'espère juste que la journée va passer vite. Dans le bus, je me suis connecté, mais… personne. Juste Féenix… la meilleure !

ElfEnzO > Féenix

Eh bien, tu es matinale ! Tout baigne ?

Féenix > ElfEnzO

J'étais tellement excitée que je n'ai pas trop dormi ! Tu te rends compte, on y est !

Toi aussi tu es tombé du lit ?

ElfEnzO > Féenix

Oui, tombé c'est bien le mot !

Vu comme tu es encore plus dans le jeu que moi, je devine que tes problèmes ne se sont pas réglés…

Féenix > ElfEnzO

Mmmh, tu as tout compris.

Après, je pense que l'équipe, toi, vous m'aidez vraiment. À aller mieux mais aussi à m'occuper l'esprit… J'ai l'impression que ça met un peu de lumière dans mon quotidien si sombre.

ElfEnzO > Féenix

Quand tu écris ça, j'ai l'impression que tu vis dans une prison…

Féenix > ElfEnzO

C'est un peu ça… Mais je ne veux pas faire ma malheureuse. Je crois que ces pierres précieuses me permettront de croire que bientôt ça ira mieux.

ElfEnzO > Féenix

Je comprends…

Bon, je file en cours. Je te dis à toute ! Bon courage ! Bisous !

À peine j'envoie que je réalise que j'ai écrit « bisous ». N'importe quoi ! Bon, en même temps, c'est sorti tout seul… Je ne vais pas me prendre la tête pour ça. Elle n'a pas l'air d'aller bien. Peut-être que ça peut lui remonter le moral, ou faire naître un petit sourire.

— Bonjour, me lance une voix que je ne connais pas.

Je lève la tête de mon téléphone. Nadia. Mince, le club échecs m'a retrouvé. Elle me sourit. Je cherche du regard les autres, mais pas trace ni de Paul, ni de Barnabé. Je sens qu'elle va me proposer une partie. La galère. Hier, c'était sympa, mais tellement ennuyeux. Trop de règles, trop de stratégies, de pions, chevaliers, fous... Monsieur Dubois nous rejoint et je suis presque heureux de le voir.

— Enzo, quand tu auras le temps, tu viendras me raconter ton rendez-vous s'il te plaît.

— Maintenant si vous voulez, dis-je d'une petite voix.

Je saisis l'opportunité. J'adresse un regard désolé à Nadia en haussant les épaules. Elle semble désabusée de mon stratagème pour la fuir. Je crois même deviner une petite grimace... Et je suis Dubois dans une salle de classe. Ses questions sont plus précises que celles de mes parents, il connaît visiblement les tests du docteur Bernard. Il ne trouve même pas étrange le délai d'une semaine. Il me précise que ce docteur, généralement, rappelle plus vite ses patients.

Dubois semble content et vraiment impatient de connaître les résultats. J'aimerais l'interroger : que se passera-t-il si rien n'est révélé ? Ou plutôt si on met en lumière ma nullité absolue ? Mais si j'ose lui demander, il en parlera à mes parents... C'est drôle comme il y a des questions qui nous angoissent mais dont les réponses sont encore plus terrifiantes. Je ne dis rien...

Je laisse passer les cours. J'essaye mais rien n'y fait. Je ne parviens pas à m'intéresser. Mon esprit divague, il n'arrive pas à s'ancrer dans ces notions qui ne servent à rien. Au collège, on nous fournit des choses à apprendre pour le prochain contrôle et ainsi de suite… mais dans quel intérêt ? Je repense à Féenix. Elle, elle a des vrais problèmes et compare sa vie à une prison. Moi, c'est le collège ma prison, et tous les profs sont mes geôliers…

Sans plus faire attention, je sors mon téléphone. Aucune notification du jeu. Que se passe-t-il ? Madame Berry ne me regarde plus alors, avec un maximum de discrétion, je me connecte au jeu.

Ils sont tous là. Mince ! Je dois rapidement trouver un moyen d'être tranquille sur mon téléphone… sans être dérangé, craindre une sanction ou la morale d'un prof.

Féenix

Encore ce matin, j'ai été saisie par le froid qui s'infiltre dans la pièce. À croire que le chauffage n'est pas arrivé jusqu'ici, ou qu'il n'est pas allumé. Pourtant, je vois le soleil briller à travers les volets de la fenêtre, qui restent toujours fermés : mais il ne parvient plus à me réchauffer.

Hier soir, alors que je dînais dans la cuisine, seule, j'ai essayé de profiter de l'absence de mon oncle pour appeler mon père. Je savais que je devais faire vite : il ne part généralement pas longtemps, le temps de ramener une ou deux bûches de bois. Je me suis levée le plus discrètement possible, j'ai retiré mes chaussures afin qu'elles ne claquent pas contre le sol, je me suis dirigée rapidement vers le téléphone, le cœur battant la chamade, les oreilles aux aguets. Puis, j'ai posé la main sur le combiné et, en le posant contre mon oreille, je n'ai rien entendu : le téléphone n'était pas branché. Au même moment, la porte s'est ouverte dans un vacarme assourdissant. Quand mon oncle m'a vue, il a rugi de colère. Les larmes me sont montées aux yeux. Prise de panique, j'ai essayé de lui expliquer que je ne voulais qu'appeler mon père, que mes parents me manquaient, mais il n'a rien écouté. Il m'a attrapée avec force par le bras et m'a reconduite *manu militari* dans ma chambre, en m'annonçant que, dorénavant, c'était dans cette pièce que je prendrai mes repas. Il m'a littéralement jetée au sol. Je me suis effondrée sur le lit, et j'ai pleuré.

Le lendemain, j'ai compris qu'il avait bloqué une partie de la connexion Internet : impossible pour moi d'accéder aux moteurs de recherche. Une chance : comme il ne suffit que de cliquer sur l'application du jeu pour le lancer, je peux toujours rejoindre l'équipe. Pourquoi ne veut-il pas que je joigne mon père ? Y a-t-il quelque chose que j'ignore ? Ou eux, ils ne sont peut-être pas au courant du lieu où je suis retenue ? C'est un cauchemar. Parfois, je me dis que je vais finir par me réveiller, et réaliser que tout ceci n'est qu'un rêve.

Si Enzo était matinal, il ne manque que lui maintenant. J'espère qu'il ne va plus tarder, le saphir est à portée de main ! Un peu de lumière dans les ténèbres… Il ne reste qu'une incertitude à ce niveau : pourquoi les Dreadocs étaient aussi nombreux ? Normalement, il y en a un seul à ce niveau. Je sais qu'il peut y en avoir deux ou trois quand l'équipe a un bon niveau… mais neuf, c'est du jamais vu. Peut-être est-ce parce qu'on avait beaucoup de pierres en notre possession ?

Cette équipe est épatante. Elle me donnerait presque chaud au cœur.

La fin du premier niveau est proche ! Il ne vous manque qu'un peu de patience et d'imagination pour atteindre notre but…

Message de Féenix

De la patience et de l'imagination ?

Tu peux être plus claire Féenix ?

Message de MerlINchntrs

Patience et imagination... À vous de réfléchir.

Message de Féenix

Salut ! Désolé, encore en cours...

Mais vous faites comment ???

Message de ElfEnzO

Féenix > ElfEnzO

Contente de te revoir. Ils ont fini par arriver, eux aussi. J'ai cru que tu n'allais pas revenir ce matin...

ElfEnzO > Féenix

Si si, mais je suis en cours, c'est chaud ! Comment tu fais, toi ? T'es connectée depuis tout à l'heure ?

Féenix > ElfEnzO

Tu sais le bien que ce jeu me procure...
Alors je prends les dispositions qu'il faut
pour être là, avec vous, avec toi.

On choisit nos priorités mon gars !

Message de Knightgemme

LOL ! Mais vous n'êtes jamais en cours ?

Message de ElfEnz0

Tu ne fais pas avancer le jeu là… L'IRL, ici, on s'en fout. Dis-nous plutôt si tu as une idée pour trouver le saphir !

Message de Lil@RosElf

Patience… Il faut attendre. Mais quoi ?

Message de MerlINchntrs

Peut-être qu'il va venir à nous ?

Message de Knightgemme

Comme par magie ? LOL

Message de Ad-Rien99

… et imagination… Et s'il suffisait de ça ?

Message de ElfEnz0

Tu développes, l'elfe ?

Message de Ad-Rien99

Si on imagine tous ensemble le saphir, peut-être qu'il va finir par se matérialiser ! Patience car ça va prendre du temps, et imagination car il faut le visualiser !

Message de ElfEnz0

Pourquoi pas ! On peut tenter… Mais j'espère que vous avez du temps devant vous s'il est du genre à vouloir se faire prier !

Message de Ad-Rien99

ElfEnz0 > Féenix

Tu m'épates. Plus je te connais, et plus tu m'impressionnes.

Féenix > ElfEnz0

Allez, trouvons ce saphir, j'ai comme dans l'idée que tu les as mis sur la bonne piste !

Purée les gars ! Ça marche. Regardez là-bas !

Message de Lil@RosElf

De la lumière !

Message de ElfEnz0

De la lumière... bleue ! De la couleur du saphir. Ça n'aura pas tardé !

Message de Lil@RosElf

Elle se rapproche !

Message de Ad-Rien99

Je l'ai ! C'est fun, mon avatar me dit qu'elle est chaude. J'ai besoin d'une paire de gants magique pour la tenir...

Message de MerlINchntrs

Oh, le paysage se transforme...

On passe au niveau suivant !

Message de Ad-Rien99

Ils l'ont fait ! J'ai l'impression de voir un peu de lumière au fond de ce gouffre. Heureusement que j'ai cette équipe et ce jeu pour combler ma solitude.

Une solitude qui me pèse de plus en plus…

2

Rubis

ElfEnzO

— Madame Berry ? Je peux sortir s'il vous plaît ? Je ne me sens pas bien.

Ma nuit quasiment blanche m'ayant laissé quelques traces (cernes et teint blafard), je me suis dit que ça passerait.

— Enzo, tu ne vas pas me refaire le coup de l'autre jour où tu as disparu toute la matinée dans…

— M'dame, j'ai envie de vomir ! l'ai-je coupée direct.

Pas nécessaire qu'elle balance à tout le monde que j'ai passé ma matinée aux toilettes et que c'est Dubois qui m'en a sorti. En utilisant la carte *vomito*, j'allais dégoûter tous les élèves et la prof et ainsi me permettre de sortir. Bingo, elle a hoché la tête en me faisant signe de m'en aller. Pas le temps de trouver un meilleur endroit, j'ai filé aux toilettes (de nouveau) mais je me suis installé dans une cabine en prenant bien soin de fermer la porte à clef.

Ça doit être une bonne journée ! En moins de dix minutes on l'a eu, ce saphir, et à nous le niveau Rubis !

On va découvrir d'autres monstres, d'autres territoires et des nouveaux objets magiques… et ce changement dingue !

ElfEnzO > Féenix

Classe ce relooking, non ? Je n'avais rien lu à ce sujet mais c'est canon !

Féenix > ElfEnzO

Super si ça te plaît ! À chaque niveau, elfes, chevaliers et enchanteur développent de nouvelles aptitudes en plus d'armures de plus en plus performantes !

ElfEnzO > Féenix

Ah oui ? En plus, je vais avoir des nouvelles aptitudes ! Non, mais c'est carrément trop cool. Je ne sais pas si c'est plus performant, mais j'adore le bleu. Et puis ça va avec mes yeux ! Lol

---

Féenix > ElfEnzO

Je suis contente si tu l'es.

Il n'y a que moi qui ne change pas, de niveau en niveau…

ElfEnzO > Féenix

Oui mais ton personnage est parfait ! Et être omniprésente, savoir tant de choses, c'est vraiment un superpouvoir de fou… Moi quand j'ai commencé le jeu, j'ai pas vraiment réfléchi, j'ai choisi mon perso un peu au pif… D'ailleurs, au début, c'était juste pour essayer.

Féenix > ElfEnzO

Désolée, j'ai pas tout compris à ton délire…

Je dois filer, je dois me renseigner sur les ogres et les nains.

ElfEnzO > Féenix

OK, pas de souci. À toute !

ElfEnzO > Féenix

Toi, ils sont de quelle couleur tes yeux ?

Un coup d'œil à l'heure : je dois retourner en classe. Si je veux me racheter une conduite après que l'orthophoniste aura décrété que je suis un abruti, Madame Berry pourrait être un bon avocat face à mes parents. Je retourne donc en cours en veillant à mettre mon téléphone en mode vibreur. De toute façon, dans le *game*, avant de rencontrer nos premières embûches, on a un peu de temps. Je me reconnecterai ce soir.

« Tu m'évites ou quoi ? » me lance Nadia que je n'avais pas vue venir.

À la récréation, normalement, je me cale sur un banc et j'attends que ça passe. Avant, je jouais au foot avec les autres, ou aux cartes, mais, depuis le début de l'année, je suis tellement à la traîne pour les cours qu'on dirait que je n'intéresse plus personne. Les bonnes notes, les contrôles sont devenus une priorité pour les autres... Pas pour moi. Je me suis retrouvé seul, ça m'a un peu peiné au début, mais je m'y suis fait et j'aime bien. Ne vaut-il pas mieux être seul que mal accompagné ? Je regarde les autres, je somnole. Je pense à ce nouveau costume d'elfe et aux talents que mon avatar va développer. Je me demande...

« Je te parle, tu sais ? »

Je suis si choqué qu'on vienne troubler mes habitudes que je n'ai pas répondu. Et que veut-elle que je lui dise ? Oui ? *Oui, je t'évite, je ne les aime pas, tes échecs... D'ailleurs qui aime ça ?* J'ai bien envie aussi de lui demander si le fait que seulement trois collégiens se soient inscrits à ce club n'est pas un indice suffisant pour comprendre ça ? J'aimerais lui dire tout ça mais je n'ose pas. Ce n'est pas de sa faute, c'est Dubois qui m'oblige...

Je noie le poisson et lui raconte pour mon rendez-vous. Pourquoi je fais ça ? Je n'en sais rien. Mais elle comprend et ne me saoule pas plus. Elle m'explique en souriant qu'elle en a juste marre de Paul et Barnabé qui ne veulent jouer qu'entre eux pour savoir lequel est le plus fort des deux. Voir un quatrième joueur était une bouffée d'air frais. Ça sonne et je lui promets de venir jouer avec elle en précisant qu'il faudra toutefois me réexpliquer les règles…

En rentrant à la maison, je file dans ma chambre. Mes parents ne sont pas encore là. J'allume mon ordinateur, ma journée commence maintenant. J'ai une équipe qui compte sur moi…

Féenix

Ce paysage est magnifique, certainement mon préféré. Au niveau Rubis, les reflets rouges sont nombreux, en référence à la couleur de la pierre : les membres de l'équipe ne s'en sont pas encore rendu compte. Ces couleurs, magnifiques, contrastent tellement avec ma vie teintée de gris.

Néanmoins, je ne me souvenais pas que tout était aussi sec. Ce n'est pas la première fois que j'accède à cette partie du jeu, et le paysage n'était pas aussi desséché. Là, on croirait que tout est tari… Je me demande si cela n'a pas un rapport avec la couleur bleue d'ElfEnz0 et la couleur blanche d'Ad-Rien99… C'est certainement aussi à cause du rapt des fées : il ne faudra pas les oublier. Sans elles, nous ne pourrons découvrir l'intégralité du niveau.

En tout cas, pour le moment, il n'y a pas une trace d'ogres, ni de nains. Ces derniers sont certainement encore cachés sous la grotte de l'Arkéon, contrairement aux ogres qui préfèrent vivre à la lumière du jour. Je me demande quelle race a en sa possession les pauvres fées… Si elles sont coincées dans le dédale des souterrains qu'offre l'Arkéon, ce sera difficile de les retrouver. Mais bon. Pas de mauvaises pensées. Pour le moment, malgré quelques frayeurs, tout se passe pour le mieux, alors j'ai envie de garder espoir. Je sens déjà l'air doux venir caresser mon visage… Au moins, je suis entourée, et je n'ai pas pour seule compagnie mon oncle-geôlier.

Je n'aime pas son rire, encore moins son sourire. Il me terrifie. Quand je l'entends, mon courage s'évapore… Je n'ose même pas en parler. Hier, j'ai essayé d'ouvrir la fenêtre de ma chambre : je n'ai pas réussi, elle est bloquée. Pourtant, je suis au deuxième étage. Que craint-il ? Se doutait-il que je finirais par vouloir m'enfuir ? Que je préférerais me défenestrer que de rester encore de longues journées sous sa coupe ? J'ai l'impression d'être prise au piège depuis une éternité…

Alors, ça donne quoi le repérage ?

Message de Lil@RosElf

C'est magnifique ! Regardez-moi : quand je suis devant une pierre, je prends sa couleur. Même chose devant le tronc d'un arbre. J'ai l'impression d'être un caméléon !

Message de MerlINchntrs

Tu as le pouvoir de dissimulation… Bravo !

Message de Féenix

Moi je suis blanc… blanc… comme un cachet d'aspirine ? comme un nuage ? J'ai pas l'impression d'avoir gagné un quelconque pouvoir…

Message de Ad-Rien99

Ça viendra. Les capacités se révèlent progressivement : soit grâce à des pierres, soit grâce à vos actions.

Message de Féenix

J'ai hâte de voir ce que ça donne !

Message de Ad-Rien99

J'ai l'impression d'être la seule à ne pas avoir changé…

Message de Lil@RosElf

Tiens, je n'avais pas remarqué ça : elle a raison. Elle est la seule à avoir gardé exactement les mêmes vêtements et la même couleur. Même ses oreilles n'ont pas grandi, signe de l'augmentation de son pouvoir. Étrange…

C'est peut-être parce que tu as été fortement blessée contre les Dreadocs… Ton corps n'a pas assez de force pour une nouvelle transformation, il a déjà laissé tellement d'énergie pour te remettre sur pied !

Message de Féenix

J'espère que je ne vais pas rester comme ça, je me sens en dessous de tous…

Message de Lil@RosElf

En même temps, je ne trouve pas avoir changé beaucoup non plus, rassure-toi. Je suis vert ! Dans tous les sens du terme ! LOL

Message de Knightgemme

Et il fait quoi, l'elfe ?

Message de MerlINchntrs

Il doit encore être occupé…

Message de Ad-Rien99

Ce n'est pas gênant, à ce niveau.

Continuons à explorer le territoire !

Message de Féenix

Et merde ! J'ai plus l'aigue-marine dans l'inventaire ! Comment on va faire pour les fées ???

Message de Ad-Rien99

L'aigue-marine n'est plus assez puissante ici. Les pierres qui ne sont plus utiles sont supprimées automatiquement d'un niveau à l'autre pour ne pas vous encombrer inutilement.

Message de Féenix

Ça, c'est classe !

Message de Knightgemme

ElfEnzO

« Enzo ! T'es là ? »

Pour vraiment être dans le cœur du jeu, j'ai le casque sur les oreilles. J'entends quand même maman qui m'appelle. Depuis qu'elle est rentrée, elle n'arrête pas de m'appeler. Elle insiste tellement que je la rejoins. Que veut-elle à la fin ?

« Mets ton manteau, je te dis. Monsieur Bernard a appelé ton père cet après-midi. Il a fini le rapport et… »

J'ai soudainement une nausée. Je me sens carrément mal. Quoi ? Déjà ? Mais il parlait d'une semaine… Besoin de m'asseoir. J'ai chaud. Je sais que je ne suis pas si intelligent que Dubois le pense. Je suis juste moi.

Il l'aura compris, c'est d'ailleurs pour ça que c'est aussi rapide. Mais je ne suis pas prêt…

« Qu'est-ce que tu as ? Qu'est-ce qui se passe ? Tu vas bien ? »

J'ai envie de lui répondre, mais je ne l'entends presque plus. Tout tourne. Je ne veux pas y aller. Je transpire.

La suite est confuse. Maman m'aide à rejoindre mon lit. Puis papa arrive.

— Il s'est senti mal comme ça ?

— Oui, ça fait quelques jours déjà qu'il n'a pas l'air bien…

Peut-être qu'à force de jouer aux malades, j'ai chopé un truc ? Un coup de froid ou quelque chose du genre ? Ou la peur de la sentence ? Est-ce seulement possible ? Je délire… Mais je suis encore vaseux. Et ça ne me quitte pas de la soirée. Maman prend soin de moi. Elle s'improvise infirmière et cuisine mon plat préféré. Papa se régale aussi et semble même s'intéresser à moi.

« Et c'est quoi ton nouveau jeu ? »

Je lui explique et je savoure cette soirée. Tout est paisible. Je regrette presque de ne pas me sentir mal plus souvent. Mais je ne suis pas dupe, demain, ça ira mieux et tout le monde saura…

Alors que je sors de table, maman me dit que si demain matin, ça ne va pas mieux, elle préférera que je me repose ici. Je valide sa proposition et j'espère au fond ne pas aller très bien au réveil.

— Chérie, chuchote papa à maman une fois que je suis dans ma chambre, peut-être est-il trop accro à son jeu ? Il t'en a déjà parlé à toi ? Ce n'est pas bon d'être toujours devant un écran…

Je guette la réponse de maman. Jamais je n'en avais parlé avant ce soir et voilà que ça joue contre moi. C'est quoi ce cauchemar ? Je suis en apnée en attendant mais je n'entends rien.

— Et il ne fait plus de sport ? reprend papa. Il faut qu'il prenne l'air…

Maman baragouine quelque chose d'inaudible. Mais j'ai un peu peur de ce qui est en train de germer dans la tête de papa… Pas d'écran ce soir, sinon, ça sera encore pire – je vais me mettre au lit et me connecter quelques minutes sur mon téléphone.

Bonsoir Tout le monde !

A-t-on des pistes pour avancer ? Féenix, une idée du chemin à prendre ?

Message de ElfEnz0

Juste qu'il faut choisir entre ogres et nains. C'est forcément un de ceux-là qui ont kidnappé les fées. Et nous avons besoin d'elles...

Message de Féenix

T'es pas censée pouvoir nous guider ? Pourquoi j'ai l'impression que tu es aussi perdue que nous...

Message de MerlINchntrs

Avant d'aller où que ce soit, je préférerais qu'on remplisse notre inventaire de nouvelles pierres. Au cas où !

Message de Ad-Rien99

En effet... Je dois bien avouer que je ne sais pas trop quoi faire.

Message de Féenix

C'est bon, c'est pas grave. Peut-être qu'il faut attendre un peu comme pour mon armure...

Message de Ad-Rien99

Moi, je vote pour les nains ! Ça vous va ?

Message de ElfEnz0

OK !

Message de Knightgemme

En route vers les grottes de l'Arkéon!

Message de Féeni

Papa et maman viennent se coucher et je ferme les yeux à l'affût de leurs cachotteries. Mais rien. Dès qu'ils éteignent, je reprends mon portable…

Féenix > ElfEnzO

J'ai vu que tu t'étais déconnecté un petit moment ? Tout va bien ?

ElfEnzO > Féenix

Oui, merci. Je suis un peu barbouillé… Tu es vraiment paumée alors ? Je dois m'inquiéter ?

Féenix > ElfEnzO

Eh oui ! Lol. Je ne sais pas pourquoi, d'habitude, ce n'est pas comme ça…

ElfEnzO > Féenix

D'habitude ? Ça fait combien de parties que tu joues ?

Féenix > ElfEnzO

J'ai l'impression que ça fait une éternité…

ElfEnzO > Féenix

Et ça ne te lasse jamais ?

Féenix > ElfEnz0

Non, jamais ! À chaque nouvelle partie, c'est un peu comme si je recommençais une nouvelle vie. Je reprends tout à zéro. Tout est à redécouvrir. Et je rencontre de nouvelles personnes à chaque fois.

ElfEnz0 > Féenix

Enfin, rencontrer... ça reste virtuel !

Féenix > ElfEnz0

Je sais. Mais parfois n'est-ce pas préférable ?

ElfEnz0 > Féenix

Tu entends quoi par là ?

Féenix > ElfEnz0

Les amitiés virtuelles, mais sincères, ne sont-elles pas préférables à l'absence d'amitié dans la vie réelle ?

Je perds beaucoup d'énergie, je ne comprends pas pourquoi. Mon avatar me dit que je ne suis plus qu'à 50 %. Vous aussi ?

Message de Lil@RosElf

Non ! Plus de 95 % pour moi !

Ça fatigue les elfes, la marche ?

Message de MerlINchntrs

Pas moi : un peu plus de 90 % aussi !

Message de ElfEnz0

Ton enveloppe corporelle s'affaiblit plus vite dans ce niveau. Elle n'est pas adaptée. Il va falloir que tu te transformes assez vite...

Message de Féenix

Et comment faire ? Utiliser une pierre ?

Message de Lil@RosElf

Je ne sais pas. C'est la première fois que je suis confrontée à ça !

Message de Féenix

T'as rien lu sur les forums ElfEnzO ?

Message de Ad-Rien99

Non, je n'y vais plus beaucoup... Je manque de temps ! Je vais essayer de regarder ça...

Message de ElfEnzO

Lil@RosElf, il te reste des fioles d'énergie dans ton inventaire ?

Message de Knightgemme

Oui, cinq !

Message de Lil@RosElf

Bon, ça nous laisse encore un peu de temps... En attendant, on est arrivés à l'Arkéon !

Message de Knightgemme

Mon avatar me dit que ça pue ! LOL

Message de Ad-Rien99

Ah, ça pue quoi ?

Message de Lil@RosElf

Aucune idée ! Une odeur étrange !

Message de Ad-Rien99

Ça doit être du pet de nains !

Message de ElfEnzO

Mes yeux commencent à me piquer et ça va faire au moins un quart d'heure que je n'arrête pas de bâiller… Il est super tard. Je sais que ce n'est pas sérieux, d'autant qu'ils sont quasiment tous partis du jeu. Je discute de tout et de rien avec Féenix. Elle est vraiment sympa cette fille…

ElfEnzO > Féenix

Tu n'as pas sommeil, toi ? J'ai peur de m'écrouler, le nez collé à mon écran de téléphone…

Féenix > ElfEnzO

Lol. Ça ne serait pas très joli à voir…

Tu sais, moi, je dors très peu. Et je t'avoue que j'apprécie vraiment ta compagnie.

ElfEnzO > Féenix

Merci. Moi aussi j'aime bien parler avec toi.

Féenix > ElfEnzO

Ça s'arrange pour toi ? Le bilan que tu attendais ?

ElfEnzO > Féenix

Je pense que je saurai ça demain.
J'appréhende grave.

Féenix > ElfEnzO

Il faut pas ! Je suis sûre que ça va bien se passer.

Oui, OK, je ne suis pas calée en test d'intelligence ou autre mais tu gères trop bien ton côté elfe. ☺

Allez, file te coucher ! On se voit demain.

Bisous bel elfe !

Elle me fait rire. Si elle savait que je suis couché depuis près de trois heures… Je n'attends pas plus pour lui souhaiter bonne nuit en retour. Évidemment, demain, je me reconnecte. C'est la première fois que j'ai une amie virtuelle et c'est vrai que c'est tous les avantages d'une amitié sans les inconvénients. Elle a dit que j'étais un bel elfe… Je souris. Et aussi que je gérais bien ! Et pour une joueuse qui a son expérience, c'est un super compliment. Je m'endors rapidement.

⊙

Au réveil, mon premier réflexe c'est de mettre ma main sur le front, puis sur mon ventre… Pas de température, pas de douleur. Non, non, non… D'un bond, je me lève avant que ma mère n'arrive. Je tourne la molette du radiateur à fond et y colle mon front. Vite, vite, il faut que ça chauffe. Je reste à l'affût. Dès que maman ou papa déboule, je dois sauter dans mon lit en espérant être brûlant...

Papa ne prend pas la peine d'utiliser le thermomètre : à peine touche-t-il mon crâne qu'il conclut à une grande fièvre. Une grimace suffit à le convaincre d'ajouter à l'attention de maman que je resterai aujourd'hui à la maison... Bingo !

« Mais ce soir, nous irons toutefois voir le docteur Bernard... »

Je déglutis. Au moins, j'ai gagné une journée.

Après toutes les recommandations de maman, ses petits soins, je me retrouve enfin seul. J'allume mon ordi et je me connecte le plus vite possible.

Salut tous ! Alors, on fonce dans les grottes ?

J'ai trouvé la solution pour Lil@RosElf : il faut du nectar de fleurs, et je pense qu'avec ce qu'on a dans l'inventaire, notre enchanteur devrait pouvoir le concocter... MerlINchntrs, t'es d'accord ?

Message de ElfEnzO

Évidemment, dis-moi comment on fait ?

Message de MerlINchntrs

Rien de compliqué. Il faut juste que Lil@RosElf soit connectée.

Message de ElfEnzO

Super ! Merci pour elle et merci au nom de toute l'équipe.
En l'attendant, on peut déjà repérer les lieux.

Message de Féenix

Parfait ! Comme ça, on sera au taquet.

Message de Knightgemme

Féenix > ElfEnzO

Tu vois, j'avais raison, t'es un génie !

ElfEnzO > Féenix

Lol. Toi comment tu vas ? Tu sors des fois ? C'est quoi le dernier film que tu as vu ? Le livre que tu as lu ? Dis-moi tout, je veux tout savoir sur toi...

Féenix > ElfEnzO

Ça va...

Tout savoir ? Vraiment, c'est pas un peu trop ?

ElfEnzO > Féenix

Pourquoi trop ? MDR

Mes parents sont si soudés... C'est presque écœurant parfois. Tu as des frères ou sœurs ?

C'est vraiment la belle vie… Entre deux messages de Féenix, je vais me servir une canette de soda et un paquet de chips. Quand je pense que les autres sont en cours d'histoire-géo, les pauvres… Moi, à la place, je bavarde avec une super fille. En revenant de la cuisine, mon téléphone portable m'alerte d'un SMS.

Nadia > Enzo

Je ne t'ai pas vu ce matin, toujours OK pour une partie tout à l'heure ?

Enzo > Nadia

En fait aujourd'hui, je ne suis pas allé au collège.

Je dois couver un truc. Je suis bon à rien, j'ai de la température…

Nadia > Enzo

Ah OK !

J'en fais des caisses. Je ne sais pas pourquoi. Je n'en ai rien à faire de sa partie d'échecs. Et c'est quoi cette réponse ? Elle est vexée ou quoi ? Je commence à comprendre Féenix, les gens dans la réalité sont d'un compliqué… Et d'ailleurs…

Enzo > Nadia

Comment t'as eu mon tel ?

Elle ne répond pas. Elle m'énerve. Avec elle, on dirait que tout tourne autour d'un échiquier. Mais moi, j'ai autre chose dans ma vie que son club de *loosers*. En parlant de ça, il semble que l'équipe se connecte…

Alors, ça donne quoi ? C'est si imprenable qu'on le pensait ?

Message de Ad-Rien99

En vrai, ça va.

Message de Knightgemme

Absolument ! On a fait pire.

Message de ElfEnzO

On a prouvé qu'on était une bonne équipe, alors je ne m'inquiète pas. J'espère juste que les fées sont bien là et pas chez les ogres…

Message de ElfEnzO

Elle est où Lil@RosElf ?

J'aimerais vite faire le nectar…

Message de MerlINchntrs

Elle est en cours, elle !

Je vous dis à tout à l'heure…

Message de Lil@RosElf

Féenix

Regardez, un arc-en-ciel ! Juste au-dessus de la grotte.

Message de Knightgemme

C'est magnifique ! C'est impressionnant le nombre de couleurs : nous, on n'en a que sept et, là, il y en a presque le double !

Message de ElfEnzO

C'est pas censé arriver quand il y a de la pluie ? J'ai pas vu une goutte...

Message de Ad-Rien99

C'est vrai que c'est joli. Je n'en ai pas vu ici depuis longtemps. Et la dernière fois, il y avait un troll derrière. Mais ça ne peut pas être un coup de ces créatures, elles ne s'aventureraient jamais dans ce niveau. Et si c'était…

J'ai peut-être une explication : Rosélia est la fée divinatrice. Elle a dû sentir qu'on s'approchait et nous lance une sorte de signal. Elles ont certainement besoin d'aide !

Message de Féenix

Au moins, on sait où elles sont ! Elles tiennent compagnie aux nains...

Message de Knightgemme

Allez, on y va !

Message de MerlINchntrs

C'est une mauvaise idée. Vous allez forcément combattre les nains, et Lil@RosElf, dans son état, ne le supportera pas…

Message de Féenix

On fait quoi alors ?

Message de MerlINchntrs

On peut avancer lentement mais sûrement…

Message de Ad-Rien99

Encore une mauvaise idée. Quand vous avancez, son avatar vous suit : vous êtes liés. Et elle se fatigue…

Message de Féenix

Génial, on a plus qu'à moisir ici.

Message de Knightgemme

Et si on fait une mauvaise rencontre ?

Message de ElfEnz0

Elle mourra. Et vous savez ce qui adviendra de l'équipe… On…

Message de MerlINchntrs

… recommencera à zéro !

Message de Féenix

… recommencera à zéro !

Message de ElfEnz0

ElfEnzO > Féenix

LOL ! On parle en même temps maintenant !

Féenix > ElfEnzO

On dit que les grands esprits se rencontrent. ☺

ElfEnzO > Féenix

À ton avis, il reste combien de temps à Lil@RosElf ?

Féenix > ElfEnzO

Elle doit être proche des 10 % maintenant.
J'espère qu'elle a pensé à utiliser une potion
quand elle s'est connectée tout à l'heure !

ElfEnzO > Féenix

Je vais essayer de lui envoyer un message,
ça devrait faire vibrer son téléphone.

Féenix > ElfEnzO

Ah oui ! C'est encore une bonne idée !

ElfEnzO > Lil@RosElf

Qu'est-ce que tu fais ??? On arrive tous à se
connecter malgré les cours ! Mets-y du tien !

ElfEnzO > Lil@RosElf

Hé ??? T'es là ???

ElfEnzO > Lil@RosElf

On a besoin de toi !

**C'est bon, je suis là. Du calme ! Il me reste 74 %.
J'ai rechargé les batteries tout à l'heure.**

Message de Lil@RosElf

Lil@RosElf > ElfEnzO

Du calme ! Si ça t'amuse de louper les cours, tant mieux pour toi, mais ce n'est pas mon cas. La vie ne se résume pas à un jeu !

Allez, l'elfe ! Dis-moi comment on fait le nectar de fleurs !

Message de MerlINchntrs

Cet enchanteur a de la magie entre les doigts. En un rien de temps, il a guéri Lil@RosElf et elle a enfin opéré sa transformation. Ses vêtements sont devenus violets : la couleur des nains ! Ça doit certainement signifier qu'elle aura un grand rôle à jouer lors de notre rencontre avec ces petites mais coriaces créatures. Seules ses oreilles sont restées petites…

Si seulement il pouvait disperser un peu de magie dans ma vie…

ElfEnzO

« Ça va, mon chéri ? Tu as l'air tout pâle… »

Je fais oui de la tête. Maman ne comprend rien. Je vais très bien. Je viens de passer la meilleure journée de ma vie depuis une éternité et, à la lecture de tous les messages échangés au fil de la journée avec Féenix, pour elle c'est pareil ! Évidemment je le savais, je l'ai redouté tout l'après-midi, je ne pouvais pas éviter une deuxième fois le rendez-vous avec le docteur Bernard. Plus nous nous rapprochions de l'heure, plus je sentais le malaise revenir… J'appréhende tellement… Avec Féenix, nous n'arrêtons pas d'en parler. Je serai très bientôt fixé sur mes hautes capacités intellectuelles… ou pas !

⊙

« Si vous le permettez, je verrai Enzo dans un premier temps seul, puis vous nous rejoindrez. »

Le docteur Bernard n'est pas de ceux qu'on contredit. Papa et maman me laissent donc seul entrer dans l'arène. Le sourire de mon bourreau me fait frémir. Je ne devrais pas. Comme dit Féenix, j'ai affronté des orques, des Dreadocs et je m'apprête à mettre une raclée à des nains… Bon d'accord, d'ordinaire, on est en équipe…

— Assieds-toi s'il te plaît. Écoute, je te vois en amont pour t'expliquer ce que je vais ensuite répéter à tes parents…

Il a ce ton grave des mauvaises nouvelles. J'ai compris : je suis un gros naze. De la suite de son explication, je ne comprends pas grand-chose. Je m'en moque. Je n'écoute pas. Je me sens glisser dans ce cauchemar que je fais depuis quelques nuits déjà. L'enfer. Je suis un idiot fini, et il n'y a plus d'excuse possible. Je serais légèrement dyslexique aussi, mais sans que ça ne soit trop non plus. Je n'ai aucune capacité supérieure, plutôt dans la normale. *Pas en dessous ?* je l'interroge, et lui me rassure.

— Mais alors, pourquoi je n'y arrive pas ? je demande innocemment.

— C'est là que le bât blesse, Enzo, il n'y a rien qui explique cela. Peut-être n'as-tu jamais appris à apprendre ou…

Il marque une pause, il hésite. Je transpire, son temps de réponse est mauvais signe. Qu'est-ce qui pourrait être pire ? Il cherche ses mots et c'est d'une grimace qu'il poursuit :

— … peut-être es-tu un peu *fainéant* ?

C'est comme un coup de poing en plein visage. Comme le sol qui se dérobe sous mes pieds et qui engloutit mon fauteuil dans le cœur d'un volcan. Je crève de chaud et j'ai des sueurs froides. J'écarquille les yeux comme jamais encore. Sur les conseils de Dubois, nous sommes venus chercher des solutions mais, au lieu de ça, voilà que je vais trouver des problèmes ! Quand papa va savoir ça… le cauchemar va devenir réalité !

Et ça ne manque pas. Je ne dis rien. Pas envie. Pas besoin. Mais je n'aurais pas le temps non plus. Les dialogues sont comme des coups de fusil. Ça tire dans tous les sens. J'en ai le tournis. Je veux partir, fuir loin. Très loin… Le docteur utilise les mêmes termes, les mêmes simagrées. Papa, ahuri, demande d'abord de répéter, puis il se retourne vers moi. J'aimerais disparaître dans cette chaise, devenir invisible comme un enchanteur. Mais maman s'en mêle, elle veut comprendre et c'est de pire en pire… Le rendez-vous, les tests coûtent super cher, papa me sermonne et maman qui essaye d'habitude de le calmer, ne fait rien pour. Elle aggrave plutôt les choses, elle aussi est en colère. Elle y a cru. J'ai envie de lui hurler que moi aussi. Mais non, je suis un lâche en plus d'un gros paresseux à l'intellect basique… Un boulet ! La faute à quoi ? Les jeux ? Les écrans ? Le manque d'amis ? Ou de sport ? Tout y passe. Si je ferme fort les yeux, est-ce que je vais me réveiller en sursautant ? Est-ce simplement possible d'effacer tout ça ? Fainéant, je crois que c'est la pire chose qui puisse être dite. Papa ne supporte pas ça. Pour lui, c'est facile, il est comme super-actif. Il travaille tout le temps, il fait du sport, et l'esprit toujours en ébullition. Maman, elle, elle lit, elle s'intéresse à tout. Et moi ? Moi rien… Je n'ai hérité de rien de tout ça. Alors, *fainéant*, c'est sûr que ça ne leur plaît pas…

On sort du rendez-vous et une chape de plomb prend place avec nous dans l'habitacle de la voiture. Nous n'échangeons aucun mot. Comme si la sentence tombée, je devais attendre dans le couloir de la mort, la punition. Mais je la connais, je sais ce qu'ils vont me confisquer… Le dîner est pire encore. Quand j'essaye de m'expliquer, papa ou maman m'interrompt en me criant de me taire. Depuis que le doc m'a qualifié de fainéant, ils doutent de mon honnêteté. Ils ne croient rien de mes malaises de ces derniers jours. Et voilà que je suis officiellement un menteur. Ils exigent des explications mais ne veulent rien savoir. Je suis condamné au silence et envoyé sans ménagement dans ma chambre. Pas d'ordinateur évidemment, ni de téléphone. Je dois bosser, bosser et encore bosser. Ils me font recopier ma dernière leçon de français, refaire mes cartes de géographie, des exercices de maths… ça ne sert à rien. Je ne comprends rien à ce que je recopie, mais je ne peux pas leur dire. Je m'exécute comme un soldat. Comme un otage. Comme un prisonnier.

Mais je fulmine, j'enrage même. Quoi ? Il a fallu qu'un médecin leur dise. Ils ne l'avaient pas vu avant ? Apprendre ne m'intéresse pas, et c'est de ma faute ? Et si c'était de la leur plutôt ? Tous les deux occupés de leur côté, à s'épanouir, à vivre de leur passion… N'ont-ils pas oublié de s'occuper de moi ? De me regarder grandir ? De m'aider à trouver de l'intérêt aux cours ? De cultiver cette petite flamme qu'on appelle *loisir* ?

J'avais trouvé, moi ! Tout seul ! Ce jeu en ligne, c'est ma bouffée d'air frais. Ce qui me permet de me lever le matin en me disant que ça va être une bonne journée. Pas une de celles où je suis à m'ennuyer en cours. Et c'est là aussi où j'ai réussi à me faire des amis. Oui, je suis timide, et si le docteur l'avait dit tout à l'heure, ça, je l'aurais assumé. Les amis dans la réalité, c'est compliqué. L'écran, les avatars, le jeu… C'est plus simple et plus facile pour se faire des amis.

⊙

Je repense à Féenix, elle va s'inquiéter. Déjà quatre heures que je ne me suis pas connecté. Elle a dû comprendre pourquoi…

Et l'équipe ? Il ne faudrait pas qu'ils croient que je les laisse tomber. Heureusement qu'on avait prévu d'attendre pour l'affrontement contre les nains.

« Enzo, arrête de rêvasser ! Dépêche-toi, que tu puisses te mettre au lit ! »

Maman et papa font régulièrement des rondes pour venir me voir à mon bureau. De parfaits geôliers. Je commence à croire que la vie de Féenix et la mienne se ressemblent de plus en plus…

⊙

Je ne trouve pas le sommeil. Et si, à présent, c'était tout le temps comme ça à la maison ? Comme sous haute surveillance. Et puis je me fais un sang d'encre pour l'équipe. Déjà que Lil@RosElf était énervée… Et que va penser Féenix si je m'éternise trop longtemps hors du jeu ? Mes parents me reprochent de ne pas avoir d'amis mais, en me punissant, ils me privent justement d'eux. Je m'en moque. Il faut que je trouve une solution pour me connecter. Ça sera désormais impossible de le faire ici. Papa a pris l'ordinateur et l'a mis sous clef. Mon portable peut-être ? Maman est si inquiète que je réussirais certainement à le récupérer pour aller à l'école mais, vu ses nouveaux horaires, je devrai lui rendre dès que je rentre. Je n'en reviens pas qu'elle ait carrément changé son emploi du temps pour me surveiller… Pfff. Est-ce qu'ils pensent vraiment que c'est comme ça que je vais me remettre à bosser ?

ElfEnzO > Féenix

Salut !

Et bien voilà ! Je te l'avais dit ! Je suis loin d'être un intello, et mes parents sont devenus tyranniques. Plus d'ordi et je n'ai mon téléphone que pour aller à l'école… La loose quoi !

Féenix > ElfEnzO

Oh ! Je suis désolée pour toi ! Je ne sais pas si ça te rassurera mais, pour moi, tu es très doué, tu le sais !

ElfEnz0 > Féenix

Merci, ça me touche, mais tu es bien la seule à penser ça. LOL

Féenix > ElfEnz0

Ça va devenir compliqué alors pour le jeu...

ElfEnz0 > Féenix

Je vais essayer d'en faire un maximum au collège, mais je crois que mes profs vont m'avoir à l'œil aussi... Ils sont certainement au courant des résultats.

Féenix > ElfEnz0

J'ai confiance en toi. Je sais que tu trouveras un moyen pour passer du temps avec nous. Tu n'es pas du genre à laisser tomber tes amis !

ElfEnz0 > Féenix

Ouais, je ferai de mon mieux promis...

Féenix > ElfEnz0

Et puis, il n'est pas interdit de transgresser les règles parfois, surtout si on le fait intelligemment !

ElfEnz0 > Féenix

LOL ! C'est vrai ! Ça t'arrive souvent ?

Féenix > ElfEnz0

Ça nous arrive à tous !

ElfEnzO > Féenix

Faut que j'y aille, j'espère revenir vite !

J'ai techno cet aprèm et, avec le prof, on fait ce qu'on veut...

Féenix > ElfEnzO

Bisous !

ElfEnzO > Féenix

Bisous ! ☺

Féenix

Ça ne s'annonce pas très bien pour lui. J'espère qu'il trouvera un moyen pour se connecter malgré son ordinateur confisqué. Sans lui, je vais à nouveau me sentir seule… Et cette fenêtre qui ne s'ouvre pas, malgré mon insistance. Je n'ose pas forcer plus, il va m'entendre. Je n'ai pas besoin de le mettre en colère. Mais j'ai besoin d'air !

Je ne trouve plus rien ! Pas une pierre, pas une herbe...

Message de Ad-Rien99

Moi non plus, et je ne peux plus rien mettre dans l'inventaire pour le moment. On a dû écumer les lieux !

Message de Knightgemme

Je regarde... Moi aussi ! Je ne m'en étais pas rendu compte. Hé ! C'est chelou. La pierre grenat, elle brille !

Message de MerlINchntrs

T'as raison, moi aussi !

Ça veut dire quoi Féenix ?

Message de Lil@RosElf

C'est le signe que les nains s'approchent...

Message de Knightgemme

Ah ! Enfin de l'action !

Message de Ad-Rien99

Il nous manque ElfEnz0 ! Il est où ?

Message de MerlINchntrs

Ad-Rien99 > ElfEnz0

Ramène-toi ! V'là les nains !

Knightgemme > ElfEnz0

On a besoin de toi ! L'attaque commence !

Lil@RosElf > ElfEnz0

T'es pas en cours normalement à cette heure-ci, fais un effort !

Féenix > ElfEnz0

On a besoin de toi !

Ils arrivent ! Je les entends !

Message de Lil@RosElf

Trop cool ! Ma hache brille, elle devient rouge !

Message de Ad-Rien99

Moi je prends l'épée ! Elle devient toute rouge aussi ! Trop classe !

Message de Knightgemme

À l'attaaaaaaque ! On les dégomme et on libère les fées !

Message de Ad-Rien99

ElfEnzO

Mes tempes cognent et mon mal de tête devient de plus en plus intense. Pourquoi le temps passe si lentement aujourd'hui ? J'ai très envie d'attraper mon téléphone au fond de ma poche mais tous les profs semblent me surveiller du coin de l'œil. Mes parents les auraient prévenus ? Mais comment et quand ? À moins que ça ne soit Dubois… Je suis à deux doigts de me sentir mal, j'ai chaud… Mais je ne peux pas refaire le coup des nausées, on ne me croira pas une seconde fois.

Et toutes ces vibrations… Autant de notifications… Féenix et les autres ont besoin de moi. Aux intercours, je pourrais mais les surveillants circulent dans les couloirs. Je ne peux pas risquer encore d'avoir des problèmes. Sur la pause du midi, je m'éclipserai au CDI. Calé dans un canapé, derrière une bande dessinée, la documentaliste n'y verra que du feu. Puis, après le cours de techno, et le retour en bus... Je dois réfléchir à tout. Cette situation sous tension ne fait que commencer et je n'en peux déjà plus. À chaque vibration, je sens mes amis s'éloigner de moi. Mes seuls amis que je déçois certainement... Merci Monsieur Dubois. Je vous déteste !

Je mange sur le pouce et rejoins rapidement le CDI. À peine suis-je connecté au jeu que je suis assailli de millions de messages.

En lisant en diagonale, je comprends qu'ils ont attaqué les nains. Les fées sont libres mais toute l'équipe est méchamment abîmée. Féenix parle de blessures sans précédent. Les barres d'énergie sont au plus bas...

Je lis ensuite les messages privés. Pas de surprise, ils sont en rogne. Je les ai laissé tomber... Je déglutis. Je suis partagé entre ne plus répondre, jamais, et recommencer sous un autre pseudo ou, au contraire, oser affronter leurs commentaires. Je ne peux pas tout perdre la même semaine… Et puis, ça voudrait dire perdre Féenix. Pas le choix : courage ! Dans un premier temps, je lui réponds à elle…

ElfEnzO > Féenix

Salut Féenix !

Je pourrais te décrire toutes les galères qui me tombent dessus. Je suis tellement désolé… C'est comme si la prison que tu me décrivais était devenue la mienne.

Féenix > ElfEnzO

Enzo, je comprends mais je t'avoue que l'équipe va mal. Si tu ne veux plus jouer, merci de nous prévenir…

ElfEnzO > Féenix

Mais non, tu n'y es pas du tout. Je veux jouer, je veux être avec toi, avec l'équipe. Mais comme je t'ai dit, mes parents ont fixé des règles de fou à la maison. Je ne peux utiliser mon portable que quand je suis au collège, mais il y a les cours…

Féenix > ElfEnzO

Écoute, il n'est pas interdit de transgresser les règles parfois, surtout si on le fait intelligemment !

ElfEnzO > Féenix

Oui, tu me l'as déjà dit, ça… Mais je ne vois pas encore comment. Si tu as des idées, je suis preneur !

Féenix > ElfEnzO

Réfléchis...

Je sais que tu es intelligent, tu vas trouver. Surtout si tu as vraiment envie de jouer avec nous.

Je savais bien que j'allais décevoir. Elle doute de moi maintenant mais elle a raison. Je dois être plus rusé... Il faut aussi que je trouve un moyen de me racheter auprès des autres.

— Ah ! T'es là ? me surprend une voix que je reconnais.

— Nadia ? Qu'est-ce que...

— ... je fais là ? finit-elle. Ben, le CDI est à tout le monde !

Elle me sourit sans savoir que je ne suis pas loin d'avoir perdu mes seuls amis. Pitié, faites qu'elle ne me propose pas encore une partie d'échecs !

— Tu vas mieux ? On ne dirait pas. Tu as de la température ?

Je fais non de la tête et j'essuie mon front. C'est vrai que j'ai transpiré en me dépêchant pour arriver ici... Je n'avais jamais remarqué ses yeux vert clair... Je reste bête. Quoi dire ? Peut-être qu'on a rien à se dire ? C'est ça le problème avec la réalité. On voit d'emblée qu'on a rien à se dire. Devant un écran, on zappe, on passe au suivant et on ne perd pas de temps.

— Bon, Enzo, je vais te laisser, dit-elle, comprenant elle aussi le malaise.

— Pour la partie d'échecs, on verra un autre jour, si tu veux bien car…

— Oui, oui, m'interrompt-elle. Tu fais comme tu veux. Et puis Monsieur Dubois a proposé à Inès de rejoindre le club, alors ça va on est un nombre pair maintenant.

C'est qui, cette Inès ? Celle de ma classe ? La fille je-sais-tout du cours de physique-chimie ? Je ne l'aime pas cette fille, elle a toujours son mot à dire… Elle exagère, Nadia, elle m'avait pourtant dit qu'elle me réexpliquerait les règles. Je sais bien, je suis le premier à râler à l'idée qu'elle vienne me demander de jouer avec elle et son club de nazes. Peut-être que je ne sais pas ce que je veux ? Oui certainement. Je ne suis qu'un paumé ! Encore un autre terme que le docteur aurait pu donner à mes parents… De toute façon, je déçois tout le monde : mes parents, le seul prof qui croyait en moi, et maintenant même les *loosers* me tournent le dos…

Sur le baromètre du moral, je suis plus bas que zéro. Ça craint ! Pfff… Mais tant pis. Il faut que je me fasse une raison. Et si je déçois, savent-ils que c'est réciproque ? Les vrais gens, la réalité… tellement fourbes ! Dès qu'elle tourne les talons, je me remets dans le jeu. Va falloir se racheter une confiance.

Hey !

Je suis vraiment désolé les gars…

Si vous voulez, j'ai peut-être une solution
pour vous recharger tous d'un coup…

Message de ElfEnzO

Féenix

Quand on est seule, c'est tellement plus difficile. Hier, quand mon oncle est venu me porter ce qu'il appelle mon repas dans ma chambre – du pain et une soupe dégueulasse – j'ai senti qu'il puait l'alcool. Pourtant, je n'avais entendu personne. Il a certainement bu avant de rentrer à la maison. J'entends toujours quand il revient. Il faut dire que ce n'est pas un champion en termes de discrétion. Quand j'ai pris son plateau, il m'a regardé longuement. J'avais enfilé une chemise de nuit, il était déjà tard. Ses yeux m'ont littéralement déshabillée, de haut en bas. Ça m'a pétrifiée. J'ai fini par me reprendre, balbutier un remerciement pour son plateau, auquel je n'ai pas touché. Je l'ai posé et j'ai refermé la porte. J'ai attendu un moment, le cœur battant à tout rompre, qu'il fasse demi-tour et s'éloigne de ma chambre. Ça a duré longtemps. De longues, très longues secondes. Quand je l'ai entendu s'en aller, j'ai pris la chaise devant mon bureau et je l'ai posée derrière ma porte, de façon que la poignée soit bloquée. Puis, j'ai pris l'ordinateur portable, je me suis blottie avec lui sous la couette et j'ai aussitôt lancé le jeu, pour oublier ce qui venait de se passer. Là, au moins, nous sommes une équipe…

C'était terrible. Certainement l'une des pires batailles que j'aie déjà vues. J'avais l'impression qu'à chaque coup porté, je perdais une partie de moi-même. Je me suis peut-être emballée. Ils ne sont pas si forts que ça – en tout cas quand un membre de leur équipe disparaît. C'est normal, après tout. Ils sont plus vulnérables quand ils ne sont pas ensemble. Il n'y a pas cette magie du groupe qui opère, et les créatures en profitent. Si seulement cela pouvait leur servir de leçon… Qu'ils comprennent l'importance d'être là, de répondre aux appels des uns et des autres. Qu'ils comprennent tous que tout ça n'est pas qu'un simple jeu. Pas pour moi… Il n'y a que comme ça que je vois un peu de lumière dans cet enfer.

Heureusement, les fées sont sauvées. Rosélia a offert un talisman à MerlINchntrs pour le remercier. Il est certainement magique, on le verra au moment voulu. Par ailleurs, grâce à leurs clefs, la totalité du niveau est débloquée.

Tiens, t'es là toi ?

Message de Lil@RosElf

Génial ! Un revenant !

Message de Knightgemme

Le revoilà dans le jeu.

Je suis soulagée, même si je pense qu'il va passer un sale quart d'heure…

C'est avant qu'on avait besoin de toi mon gars ! Regarde notre allure maintenant !

Message de MerlINchntrs

Je suis désolé… Je suis puni, je ne peux plus utiliser mon ordinateur, je suis privé de téléphone à la maison et là je suis en cours de techno…

Croyez-moi, je fais ce que je peux !

Message de ElfEnz0

C'est pas assez. J'ai une aile arrachée !

Message de Lil@RosElf

Si le jeu prévoit une fée, un enchanteur, deux chevaliers et deux elfes… C'est qu'on a besoin de tous ces personnages !

Message de Ad-Rien99

Tu le savais dès le début qu'on avait besoin d'être ensemble… Nous lâcher comme ça, c'est vraiment pas cool ! En plus, ils ont volé toutes les pierres de mon inventaire, fait iech !

Message de MerlINchntrs

Je suis désolé…

Mais pourquoi vous ne m'avez pas attendu ?

Message de ElfEnz0

Parce que ça va être de notre faute maintenant ? La blague !

Message de Knightgemme

L'autre, il a le temps de trouver une solution sur les forums, mais pas de combattre avec nous…

Message de Lil@RosElf

La prochaine fois on dira aux nains : « Attendez s'il vous plaît, on attend notre pote. »

Message de Ad-Rien99

Sûr qu'ils vont se montrer compréhensifs ! LOL

Message de Lil@RosElf

Je viens de la trouver à l'instant, j'ai rejoint le jeu dès que je me suis connecté.

Message de ElfEnz0

Et arrête d'être désolé, ça ne sert à rien!

Message de Ad-Rien99

Pourtant, je le suis... Sincèrement...

Message de ElfEnz0

Il en prend pour son grade. Je les comprends, ils sont vraiment en colère. Lil@RosElf a failli perdre la vie, encore. Les elfes ont besoin l'un de l'autre pour avancer dans les univers. Mais ce n'est pas le moment de le braquer et de le perdre définitivement… Il semble vraiment désolé. Je vais essayer de calmer le jeu.

Allez, on pense à nous maintenant. Le passé est derrière nous et ne perdons pas de vue l'objectif: récupérer le rubis, même s'il faudra affronter les ogres avant. Et sûrement encore les Dreadocs! Quelle est ton astuce pour les recharger?

Message de Féenix

Il faut mélanger deux plantes: l'aubépine et l'ancolie!

Message de ElfEnz0

On le sait déjà ça… Mais je sais pas si t'as remarqué, on ne peut presque plus bouger et on a rien dans nos inventaires. Rien que le fait de les chercher va bouffer ce qui nous reste d'énergie…

Message de Ad-Rien99

Je m'en occupe, promis. Pas maintenant, c'est la fin du cours, mais ce soir, je me débrouille : je vous dois bien ça.

Message de ElfEnz0

Ce soir ? On a le temps de se faire bouffer par les ogres ! S'il y en a un qui rapplique avant ton retour, on est morts.

Message de Knightgemme

Je vais tout faire pour me rattraper, promis…

Message de ElfEnz0

ElfEnz0 > Féenix

J'espère que tu ne m'en voudras pas trop longtemps. Je te promets que je suis désolé.

Féenix > ElfEnz0

Je te crois, mais ne me fais plus jamais un coup comme ça. J'ai eu peur, tu sais, tellement…

ElfEnz0 > Féenix

Peur ? Pourquoi peur ? À cause des blessures ?

Féenix > ElfEnz0

À cause des blessures, oui. Tu sais que si l'un d'entre nous meurt, c'est la fin du jeu. Game Over.

ElfEnzO > Féenix

Oui, oui, je sais... Je sais aussi à quel point ce jeu est important pour toi.

Féenix > ElfEnzO

C'est grâce à lui que je me lève le matin. Et donc, grâce à vous. Et j'ai aussi eu une autre crainte...

ElfEnzO > Féenix

Ah oui ? Laquelle ?

Féenix > ElfEnzO

J'ai eu peur que tu ne viennes plus.

ElfEnzO > Féenix

Oh, ça me touche ! Mais je ne t'abandonnerai pas. Ni maintenant, ni jamais !

Féenix > ElfEnzO

Promis ?

ElfEnzO > Féenix

Promis !

ElfEnzO

La sonnerie annonce la fin du cours de techno mais aussi le moment de ranger mon téléphone. La tuile ! J'aurais bien aimé faire plus, peut-être déjà trouver une des deux plantes… Mais impossible, là, j'ai français avec Monsieur Dubois.

À peine je franchis le seuil de la classe qu'il me demande de venir au bureau. J'en étais sûr, je vais subir un interrogatoire en bonne et due forme. Tout y passe : le docteur, mon intelligence, mes parents, le club échecs… Il est gentil, je le sais bien, mais ne pourrait-il pas s'occuper de quelqu'un d'autre que moi ? Ou même de personne après tout… Presque déjà dix minutes que je suis sur le gril et les autres qui s'amusent… La chance ! Peut-être devrais-je lui rappeler qu'il est avant tout prof de français ? À moins qu'il s'épanouisse davantage en me causant des problèmes. Je lui en veux de m'avoir attiré tant de soucis, mais peut-être que ça me pendait au nez depuis un moment. Je pourrais être en colère et ne pas lui décrocher un mot mais il veut tellement bien faire. Il semble sincère. Ne pas réussir à le détester m'énerve encore plus… Et puis, il n'y est pour rien si je suis une cause perdue.

Finalement, le cours de français ne dure qu'une petite demi-heure. Et pendant tout ce temps, je me refais le film de cet entretien avec Monsieur Dubois. Il n'a pas eu l'air surpris de ma légère dyslexie et quand je lui ai dit que j'avais une intelligence dans la norme, il a juste hoché la tête avec un air pensif. Au mot *fainéant*, il n'a pas bronché…

Je traîne les pieds jusqu'à l'arrêt de bus. Depuis que je suis sorti du cours, j'ai le nez dans mon écran. Personne n'est connecté hormis Féenix. Nous discutons mais, entre chaque message, je cherche de l'aubépine ou de l'ancolie. Et ce n'est pas gagné…

Féenix > ElfEnzO

Alors, tu trouves ?

ElfEnzO > Féenix

Non !

Mais je ne peux pas me le permettre. Toi, avec ton pouvoir d'omniprésence, tu ne peux pas m'aider ?

Féenix > ElfEnzO

Je ne sais pas si j'ai le droit de te donner ce genre d'infos…

ElfEnzO > Féenix

S'il te plaît… J'ai peur que l'équipe ne m'envoie à l'échafaud.

Féenix > ElfEnzO

La peur, moi, je pense que ça ne sert à rien !

Pas besoin de trop insister pour qu'elle m'oriente vers la forêt hantée. Un elfe peut y entrer sans rien y craindre, les esprits ayant peur des oreilles pointues. Je trouve rapidement les deux plantes mais, quand je relève la tête, je suis presque arrivé à la maison. Je n'ai même pas fait attention que mes pieds m'avaient guidé tout seul jusqu'ici. C'est maintenant que la galère commence… Comment revenir dans le jeu quand j'aurai rendu mon portable à ma mère ?

Dans la crainte de ne pas trouver, je laisse un message aux autres…

Salut ! J'ai fouillé la forêt hantée et j'ai trouvé ce qu'il nous faut. J'ai tout mis dans l'inventaire. Normalement, MerlINchntrs, ça ne devrait pas être très compliqué. Au pire, Féenix t'aidera. Je fais tout pour revenir très vite… En attendant, retrouvez des forces !

Message de ElfEnzO

Dès que j'entre, maman tend la main pour récupérer mon téléphone. Elle me dirige vers ma chambre, à mon bureau pour que je me mette au travail. Elle extirpe mon agenda de mon sac et y repère ce qui doit être appris. Par cœur, évidemment, pas de demi-mesure quand on veut devenir laborieux… Interrogation de vérification dans une heure. Bienvenue à Alcatraz !

J'apprends, pas le choix. Pas envie, c'est clair. Mais revivre une soirée comme hier, non merci. Toujours pas l'ombre d'une idée pour revenir dans le jeu.

Au bout d'une heure, maman est satisfaite et papa arrive, le sourire aux lèvres.

« Enzo, prépare-toi, s'écrie-t-il de l'entrée, je t'ai réinscrit au judo, tu dois être sur les tatamis dans vingt minutes. »

Oh non ! Pas ça ! Si j'ai arrêté en début d'année, c'est que je n'aimais pas du tout. Ce kimono qui gratte, et devoir toujours se le remettre après une prise… Je traîne des pieds. Papa est ceinture noire depuis longtemps. Il écume tous les sports de combat jusqu'à atteindre la plus haute ceinture, le plus prestigieux dan… Mais ça, c'est son truc à lui, pas le mien. J'ai envie de le lui dire, de ne pas monter dans sa voiture. Mais je suis en sursis. Si je veux récupérer mon ordi et un peu d'intimité dans ma chambre pour jouer, je suis contraint de faire quelques concessions…

— Je passe te chercher dans une heure.

– Tu ne me laisses pas mon téléphone que je puisse t'appeler quand c'est fini ?

– T'inquiète, je connais bien le prof, il est ponctuel !

Je ne m'inquiétais pas du tout… J'ai tenté.

Dans les vestiaires, je retrouve les gars que j'avais laissés il y a quelques mois. Je fais bonne figure et prétexte beaucoup de travail pour l'école. Ils plaisantent et ça passe tout seul. Puis, on se presse sur le tatami. Le kimono mal fagoté et cette ceinture qui ne tient rien, je fulmine de l'intérieur…

Première prise, le gars me projette au sol comme si j'étais un sac de pommes de terre. Je me rhabille. Puis un deuxième me fait une prise que je ne connais pas, la ceinture ne tient plus rien, je suis obligé de la remettre… Je ne sais quel maître a inventé ces tenues, mais quelle bêtise ! Je peste. Comme si, lors d'un combat, on avait le temps de se rhabiller sans cesse. Le prof nous fait parfois nous mettre tous en ligne pour nous montrer le mouvement suivant. Il nous invite souvent à boire. N'ayant pas de gourde, je file boire au robinet dans les vestiaires. Je bois et je tombe sur mon reflet dans le miroir qui surplombe le lavabo. Je suis tout rouge, je transpire, j'en ai marre... C'est vrai que j'ai les yeux fatigués, je n'avais pas remarqué avant. Depuis combien de temps je n'ai pas pris le temps de me regarder? Et puis, je repense au jeu, à l'équipe. Ils ont sans doute tous retrouvé une barre d'énergie au top. Et, dans mon reflet, mon regard tombe sur ce qui se trouve derrière moi: tous les sacs de ceux qui sont actuellement sur le tatami... Et si... Mon cœur s'emballe subitement et je me perds dans cette image que je me renvoie.

Je rejoins les autres et le cours se poursuit. À la fin, je me dépêche, mon père est déjà là à me demander comment c'était, quelle prise j'ai apprise... Je réponds. Concessions. Le dîner est, du coup, presque normal.

« Écoute Enzo, déclare maman à la fin du repas. Nous en avons discuté avec ton père, si tes résultats augmentent et que tu réussis à t'aérer la tête avec le judo et le club échecs de ton prof de français, nous te rendrons ton ordinateur et ton téléphone. »

Je remercie mille fois. Peut-être trop mais je sais maintenant ce qu'il me reste à faire... Je ne demande pas mon reste, je file me mettre sous ma couette.

Coucou tous !

Alors je vois que vous êtes en pleine forme ! Ça vous dit que ce soir on affronte les ogres ? On récupère la spinelle* écarlate qu'ils gardent jalousement et, grâce aux fées, on affronte les Dreadocs pour dégoter le rubis !

Et à nous le niveau suivant !!!

☺

Message de ElfEnzO

Féenix

Comme je suis contente ! Ils sont tous là, en pleine forme, prêts à en découdre avec les ogres ! Ce sera plus facile maintenant que l'équipe est au complet, même s'il faut se méfier de ces géants… Ils n'ont pas beaucoup d'occasions de se mettre de la chair fraîche sous la dent, et les membres de l'équipe devraient les mettre en appétit.

En tout cas, nous sommes sur la bonne voie. Le paysage est moins sec qu'à notre arrivée, la végétation plus luxuriante.

* Pierre semi-précieuse rouge.

Génial ! Content de te voir ! Oui, on est tous en forme ! Bon boulot !

Message de Lil@RosElf

Lil@RosElf > ElfEnzO

Tu m'as bluffée, maintenant évite de disparaître à nouveau. ☺

ElfEnzO > Lil@RosElf

LOL, merci ! Je ferai de mon mieux ! Je suis toujours motivé pour venir vous rejoindre !

Bien ouéj ! Tu t'es rattrapé ! En plus, j'ai même récupéré toutes les pierres ! C'est toi le magicien mon gars !

Message de MerlINchntrs

Merci ! Ça me fait chaud au cœur. Et je serai présent toute la nuit s'il le faut ! En revanche, je ne sais pas où se trouvent les ogres...

Message de ElfEnzO

Vous devez vous rendre près du lac des murmures.

Message de Féenix

Bouhouuuuu ! Ce nom me fait froid dans le dos !

Message de Ad-Rien99

ElfEnz0 > Féenix

Chose promise, chose due…

Féenix > ElfEnz0

Je vois ça ! Comment as-tu fait ? Tu as récupéré ton ordinateur ou ton téléphone ?

ElfEnz0 > Féenix

Non, j'ai… emprunté, dirons-nous, celui d'un copain…

Féenix > ElfEnz0

T'es un malin, toi !

ElfEnz0 > Féenix

Ouais, bon je sais, c'est limite…

Féenix > ElfEnz0

Oui mais il n'est pas interdit de transgresser les règles parfois, surtout si on le fait intelligemment !

ElfEnz0 > Féenix

Merci !

J'entends de l'eau, suivez-moi !

Message de Lil@RosElf

Il ne nous faut pas longtemps pour rejoindre le lac, et les ogres. Une douzaine de créatures les attend, de l'autre côté de la rive.

Euh, quelqu'un leur a envoyé un message pour les prévenir de notre arrivée ?

Message de ElfEnzO

Quoi ? ça ne te fait pas plaisir un comité d'accueil ?

Message de Knightgemme

Poussez-vous !

Message de MerlINchntrs

Quelle surprise ! Les ogres ont récupéré des boules de feu ! Heureusement qu'on peut se cacher derrière les ruines de l'ancien château. Je me sens tellement impuissante…

Ouille ! J'ai le bas de ma cape qui est cramé !

Message de Lil@RosElf

Euh, on fait quoi ? Quelqu'un a une idée ? J'ai pas envie de finir brûlé, et je ne vois pas comment on pourrait franchir le lac…

Message de Knightgemme

Vous avez vu une barque, quelque chose comme ça ?

Message de Ad-Rien99

Non, même pas !

💎 Message de MerlINchntrs

On peut peut-être le traverser à pied, ou à la nage…

💎 Message de Lil@RosElf

Et tu fais quoi des boules de feu ?

💎 Message de Knightgemme

Bonne question. Féenix, tu peux nous aider ?

💎 Message de ElfEnzO

Patience et imagination… À vous de réfléchir.

💎 Message de Féenix

Le talisman ? Celui que tu as reçu de Rosélia,
tu l'as encore MerlINchntrs ?

💎 Message de Lil@RosElf

Oui. Mais je ne sais pas comment ça fonctionne !

💎 Message de MerlINchntrs

Fais-toi confiance. Écoute ton instinct !

💎 Message de Féenix

Euh ok… Mais si je meurs carbonisé, pleurez mon sacrifice !

💎 Message de MerlINchntrs

Et voilà ! L'enchanteur a réussi à trouver les bons mots. Les ogres sont pétrifiés pendant qu'un pont se dessine au-dessus du lac.

Faites attention, tout sortilège a une fin.

Message de Féenix

Regardez ! Il bouge la queue celui-là !

Message de Knightgemme

Je ne savais même pas que les ogres avaient une queue…

Message de MerlINchntrs

Allez, on avance avant qu'ils se réveillent complètement, on ne perd pas de temps. On doit récupérer la spinelle écarlate !

Message de Lil@RosElf

Comment on la trouve ?

Message de MerlINchntrs

Elle doit être proche d'un cerisier…

Message de Lil@RosElf

Là-bas !

Message de Ad-Rien99

Allez-y, mon avatar me dit qu'il y a des pierres derrière la ruine là-bas, j'y vais !

Message de MerlINchntrs

Tandis qu'il s'éloigne, ils avancent tous et foncent sur nous, comme un seul homme. Le rubis n'est plus très loin !

Au secours!

Message de MerlINchntrs

C'est MerlINchntrs! Il s'est fait attraper par un ogre! Regardez, il le jette dans l'eau!

Message de Lil@RosElf

Ça nage, un enchanteur?

Message de ElfEnz0

Je ne pense pas... Sauve-le!

Message de Féenix

Sans attendre une seconde de plus, ElfEnz0 court vers le lac et se jette dans l'eau pour rattraper son coéquipier. Derrière lui, Ad-Rien99 le suit.

Ils vont se noyer!

Message de Lil@RosElf

Non. Regarde!

Message de Féenix

Alors qu'ElfEnz0 plonge dans l'eau, cette dernière se met à scintiller là où l'elfe a plongé. Rapidement, on voit une sorte de créature mi-elfe mi-poisson sortir de l'eau pour y replonger aussitôt. Quelques secondes plus tard, il ressort de l'eau avec l'enchanteur dans les bras. Son corps reprend peu à peu son apparence d'origine. Autour de lui, les ogres, réveillés et penauds, n'osent pas approcher… et pour cause : Ad-Rien99 a invoqué la puissance des nuages : ces derniers forment un cercle de sécurité autour de ses amis.

Dommage que ces amis-là ne soient pas à mes côtés : je ne serais plus obligée de rester cloîtrée ici. Hier soir, j'ai entendu mon oncle venir vers ma chambre, alors qu'il était presque minuit. Je me suis une nouvelle fois blottie sous ma couette, apeurée : faible rempart. J'avais déjà enfilé ma chemise de nuit, que je ne mets maintenant qu'après le dîner, afin qu'il ne me voie plus dans cette tenue… Dieu seul sait ce qu'il serait capable de faire. J'ai fixé de longues secondes la poignée. J'avais l'impression de la voir faiblement bouger. Je n'osais plus bouger d'un millimètre, retenant ma respiration. Puis, il s'est éloigné. Je n'en peux plus de cette vie. C'est tellement stressant. Tellement oppressant. Je ne peux pas rester ici indéfiniment. Si, au début, je pensais que ce n'était que l'histoire de quelques jours, je dois maintenant me rendre à l'évidence : il ne compte pas me rendre ma liberté.

C'est pour ça qu'ils sont devenus bleu et blanc !
La couleur de l'eau et celle des nuages !

Message de Knightgemme

Tu as tout compris !

Message de Féenix

J'ai attrapé la pierre écarlate, on peut poursuivre !

Message de Lil@RosElf

J'entends le souffle des fées, c'est par là !

Message de Féenix

Féenix > ElfEnzO

Quel courage !

ElfEnzO > Féenix

LOL ! Merci ! Je n'ai fait que mettre en œuvre ce que tu nous as déjà dit : écoutez votre instinct.

Féenix > ElfEnzO

Bravo, en tout cas. Je suis épatée.

ElfEnzO

Je suis épuisé, mais je tiens. Je ne sais pas comment les autres font… Les ogres, c'est fait, la spinelle aussi. Avec les plantes que j'ai ramenées de la forêt hantée, on est vite reboostés. À nous les Dreadocs ! À ce rythme, on va finir le niveau cette nuit !

Féenix a dit que j'étais malin. Au moins, pour elle, je ne suis pas un gros nul... Et comme elle dit, parfois, il faut savoir transgresser les règles. Mais il faut le faire intelligemment ! Sans que ça ne soit des remords, j'envoie donc un message à Anthony. Il ne faudrait pas m'attirer plus de problèmes que je n'en ai déjà. Je prends donc bien soin de l'envoyer à sa messagerie de ma messagerie... Ainsi, il ne comprendra pas la supercherie.

Enzo > Anthony

Bonsoir, désolé, tout à l'heure, par erreur j'ai embarqué ton tel. Comme on a les mêmes coques, j'ai bugué ! Je l'ai éteint. Je te le ramène demain première heure. Promis ! Bonne soirée.

L'équipe est super motivée ce soir, on sent que demain c'est mercredi et qu'on n'a cours que le matin. Lil@RosElf et Ad-Rien99 proposent qu'on enchaîne avec les Dreadocs, Féenix est partante et les autres suivent. Les fées nous guident jusqu'à eux. On est au taquet, on en a déjà affronté neuf pour accéder à ce niveau, alors rien ne nous effraie... Ma messagerie m'alerte d'un message :

Anthony > Enzo

Ah cool ! Je l'ai cherché partout !

Merci de m'avoir prévenu, j'suis rassuré.

Merci et à demain.

Enzo > Anthony

Lol. De rien. A+

Un coup d'œil à mon réveil : il est plus d'une heure du matin. Lui non plus ne dort pas. Il doit faire comme moi. Peut-être même qu'il joue à ce jeu et qu'il fait partie des joueurs de mon équipe... Enfin, pas le temps d'y réfléchir. Mon alibi est sauf, je retrousse mes manches et en avant !

Je tapote sur mon écran, je me tourne et retourne dans mon lit pour trouver la meilleure position et aussi pour éviter les crampes. Je sors plusieurs fois la tête de la couette pour prendre l'air. L'enchanteur fait des miracles et les chevaliers sont au top de leur bravoure.

Finalement, il n'y a que trois Dreadocs qui protègent le rubis. Lil@RosElf et moi nous occupons d'un et les deux autres ne tardent pas à tomber. Féenix est ravie mais s'inquiète qu'il n'y en ait eu que trois... Quand nous mettons la main sur le rubis, c'est l'euphorie. Et dans un tourbillon vert, nous disparaissons de l'écran...

3

Émeraude

ElfEnzO

… pour réapparaître dans un univers complètement différent. Le vermeil a fait place au vert émeraude. Nous nous retrouvons en pleine forêt luxuriante où la végétation semble avoir pris le pouvoir. Certaines feuilles d'arbre sont irisées et je crois entendre l'écorce des arbres qui ronronnent. Puis, d'un coup, nous voilà chacun pris dans un halo verdoyant. Je change. Mes vêtements, mon teint, mes cheveux… Cette fois-ci, nous nous métamorphosons tous en même temps. Lil@RosElf et moi avons une armure aux reflets verts, nos cheveux rouges ont fait place à des dreadlocks vert sombre entremêlées de feuilles. Les chevaliers arborent des armures de pierre et l'enchanteur… L'enchanteur a disparu !

MerlINchntrs t'es où ?

Message de Knightgemme

Juste devant toi !

Message de MerlINchntrs

Trop fort comment tu fais ça ???

Message de Lil@RosElf

Ses aptitudes de dissimulation grandissent ! À chaque niveau, elfes, chevaliers et enchanteur développent de nouvelles aptitudes en plus d'armures de plus en plus performantes !

Message de Féenix

Oui, je me souviens, tu nous l'avais dit quand nous sommes arrivés au niveau Rubis ! Hâte de voir ce qu'on va pouvoir faire !

Message de Ad-Rien99

Moi aussi j'ai hâte, j'avais lu qu'à un niveau les elfes pouvaient voler. Et c'est le dernier niveau avant l'affrontement final… Mais je ne tiens plus, il est bientôt 5 heures. Je m'endors sur place. Je salue toute l'équipe et je m'écroule.

Quand maman vient me secouer, j'ai l'impression que je n'ai fermé les yeux que trois minutes. Il est 7 h 45. Quinze minutes de retard. Maman me presse et je m'active. Je prends une barre chocolatée et je file sans oublier mon téléphone. Celui d'Anthony est à plat… Il va faire la tronche quand je vais le lui rendre. Tant pis. J'inventerai un bobard. Tant que c'est fait intelligemment…

Dans le bus, je me connecte, mais personne. Ils doivent tous être, comme moi, morts de fatigue. Pas de trolls ni de druides, nos ennemis à ce niveau. Tout va bien.

Féenix

Ils sont tellement épatants ! Finir le niveau en une soirée – enfin plutôt en une nuit… Comme ça me rend joyeuse ! Surtout que, étrangement, ce nouveau niveau n'est pas le plus difficile. Les trolls n'ont jamais fait preuve de beaucoup d'intelligence, ils sont surtout bourrus. Il faudra plutôt se méfier des druides et de leur pouvoir : ils sont malins…

Cette nuit était magique. Je me sentais bien, entourée par cette équipe. Un moment de sérénité, malgré l'intensité des actions, pendant lequel j'ai oublié cette solitude qui me pèse et avec laquelle je dois vivre. C'est drôle comme on peut se sentir seule tout en vivant avec quelqu'un. Hier, je l'entendais parler, ivre mort. L'espace d'une seconde, je me suis mise à espérer qu'il tombe et qu'il se cogne suffisamment fort pour qu'il ne puisse plus ouvrir les yeux. C'est horrible de souhaiter la mort de quelqu'un… mais c'est tout aussi monstrueux de séquestrer un membre de sa famille.

J'essaie de me rattacher comme je le peux à l'équipe. Tant qu'ils seront là, tout ira bien…

ElfEnzO > Féenix

Déjà levée ? Je commençais justement à me sentir seul !

Féenix > ElfEnzO

Tu sais, moi, je dors très peu. Et être avec toi me fait du bien.

ElfEnzO > Féenix

Ça me touche quand tu écris ça, tu sais !

Féenix > ElfEnzO

Tu vas pouvoir te connecter au jeu aujourd'hui ?

ElfEnzO > Féenix

Je vais trouver un moyen. Je ne sais pas encore lequel…

Féenix > ElfEnzO

Tu n'as pas le téléphone de ton ami ?

ElfEnzO > Féenix

Si, mais je lui ai promis de lui rendre. Je te laisse, on arrive au collège. À très vite, promis ! Bisous !

Féenix > ElfEnz0

Bisous bel elfe !

Oh, dommage ! Alors qu'ElfEnz0 quitte la partie, les deux chevaliers arrivent.

Vous êtes vraiment resplendissants dans ces armures !

Message de Féenix

On est moins discrets que l'enchanteur, mais c'est vrai que ça a de la gueule !

Message de Ad-Rien99

On doit s'attendre à combattre j'imagine ?

Message de Knightgemme

Étrangement, ce n'est pas le niveau qui demande le plus de combats. Mais c'est sûr qu'avec de telles armures, vous ne risquez pas d'être infectés par la bave de troll !

Message de Féenix

Beurk ! Et les autres, ils dorment encore ?

Message de Ad-Rien99

ElfEnz0 était là il y a un petit quart d'heure. Je ne sais pas quand il reviendra !

Message de Féenix

Salut les gars ! Et Féenix ! Je passe vite fait, j'ai cours dans deux minutes ! Ceux qui ont le temps, on fait comme les

autres fois ? Balade dans les alentours pour découvrir le niveau et récupérer les pierres dissimulées ?

Message de Lil@RosElf

Bonne idée ! On a de la chance de t'avoir dans l'équipe !

Message de Féenix

Me revoilà ! Et j'ai deux heures de libre devant moi ! C'est trop cool, mon prof de sport est absent !

Message de ElfEnzO

Tiens, c'est marrant, le mien aussi ! Allez, à plus tard !

Message de Lil@RosElf

On commence par quoi, Féenix ?

Message de ElfEnzO

Parfois, il faut chercher pour trouver...

Message de Féenix

J'entends du tambour...

Message de ElfEnzO

Les trolls ! On n'est pas prêts ! Qu'est-ce qu'on fait ?

Message de Ad-Rien99

Salut les gars ! Alors, ça papote ?

Message de MerlINchntrs

T'es où ? C'est stressant de ne pas te voir !

Message de Féenix

LOL, on va lui mettre une clochette pour l'entendre !

Message de Ad-Rien99

Je le sens, il est juste à côté de moi. Ça ne va pas papoter longtemps, le bruit est de plus en plus fort ! Les trolls sont déjà là !

Il manque Lil@RosElf !

Message de ElfEnzO

Qu'est-ce qu'on fait ? On se déconnecte et on reprend plus tard ?

Message de Knightgemme

Féenix pense que ce n'est pas un niveau difficile pour les combats, on va gérer, non ? En plus, on a un enchanteur invisible !

Message de Ad-Rien99

Féenix, t'en penses quoi ?

Message de MerlINchntrs

Écoutez votre instinct !

Message de Féenix

Ces trolls n'étaient vraiment qu'une formalité. Avec le pouvoir de dissimulation et les capacités physiques impressionnantes des chevaliers, on n'en a fait qu'une bouchée.

Je sais pas ce qui se passe. Mon avatar se plaint : ça lui gratte dans le dos !

Message de ElfEnzO

T'as une plume ! Et une autre !

Message de Ad-Rien99

Les ailes ! C'est énorme ! Je ne savais pas quand elles allaient arriver !

Message de ElfEnzO

Les combats développent les capacités.

Message de Féenix

Mais, comme Lil@RosElf n'a pas combattu avec nous, elle ne les aura pas ?

Message de ElfEnzO

Tu as tout compris !

Message de Féenix

Mince, elle va nous en vouloir !

On aurait peut-être dû l'attendre...

Message de ElfEnzO

Elle sait que l'équipe a besoin d'elle !

Message de Féenix

ElfEnzO

Qu'est-ce que c'est beau ! Je ne me lasse pas d'admirer tous ces détails. Le graphisme est vraiment super réaliste. J'adore ! Et voir tout d'en haut comme ça, c'est...

magnifique ! C'est dingue. Je vole ! Hypnotisé par mon téléphone, les deux heures de perm' passent vite…

Quand je relève la tête, je réalise qu'il ne reste que quelques minutes avant la sonnerie et le cours suivant. Mes yeux tombent sur Anthony. Il faisait la tronche tout à l'heure quand il a compris qu'il n'y avait plus de batterie… J'ai fait l'idiot et c'est passé tout seul. Et puis, il était soulagé aussi de retrouver son portable.

La matinée se poursuit avec les mathématiques, puis l'anglais. Aucune possibilité de faire quoi que ce soit. Ces profs ont des yeux de lynx. Je ne tente rien. La pause déjeuner, par contre, je me dépêche de passer à la cantine et direction le CDI derrière une bande dessinée…

— Je savais que tu serais là !

— Nadia ! Qu'est-ce que… Pourquoi tu dis ça ?

Pitié ! Je croyais qu'elle avait trouvé Inès pour faire ces trucs de *loosers*. Elle ne va pas encore me…

— Ne t'inquiète pas, je n'allais pas te proposer de jouer aux échecs !

— Ah d'accord… Bien ! dis-je en me demandant bien pourquoi alors elle avait tenu à venir ici.

— Si tu veux un conseil, tiens la BD à l'endroit si tu ne veux pas que la documentaliste te grille…

Elle lâche ça et se marre en s'éloignant. Mince, je n'avais pas fait gaffe. D'un geste, je remets le bouquin dans le bon sens.

« Nadia, pas de téléphone au CDI ! » s'écrie la prof doc.

Je souris. Bien fait ! Elle se moquait de moi mais si elle voulait utiliser son téléphone, elle n'avait qu'à faire comme moi et se planquer derrière un livre. Peu importe, je me replonge dans le jeu.

Ils sont tous là. Nous décidons d'un commun accord de poursuivre notre découverte des lieux afin de remplir l'inventaire. Ce niveau n'est pas le plus difficile mais c'est la dernière étape avant l'affrontement avec Killmort au niveau Diamant… Si nous sommes bons, nous pourrons la libérer…

Féenix > ElfEnzO

Tu n'es pas sans savoir que des deux elfes, un seul sera celui qui délivrera la princesse des fées. J'ai comme l'impression que ça sera toi !

ElfEnzO > Féenix

Pourquoi tu dis ça ? À cause des ailes ?

Féenix > ElfEnzO

Oui, c'est vrai, tu as raison.

ElfEnzO > Féenix

À quoi vont-elles servir ? Et Lil@RosElf ne risque pas d'être jalouse ? Selon l'hymne des fées : « Ensemble on est plus fort », mais s'il y a des rancœurs, ça ne va pas être terrible...

Féenix > ElfEnzO

Que veux-tu savoir ?

Nous échangeons mille messages en même temps qu'avec l'équipe on rassemble tout ce qu'on trouve. Féenix est vraiment super. La pauvre ne vit pas non plus des choses faciles à la maison… Je suis tellement impatient de la lire. Je crois que c'est la première fois que j'ai une amie. C'est tellement paradoxal : mes parents veulent que je me fasse des amis, et ils me privent de mon seul accès pour parler avec eux.

Enfin, Féenix est peut-être un peu plus qu'une amie…

Les cours vont bientôt reprendre mais je n'ai pas du tout envie de quitter Féenix, je dois trouver un moyen…

Ma grand-mère disait « aux grands maux, les grands remèdes ». Et si, justement, il était temps de jouer vraiment le jeu ? Je passe aux toilettes, ajuste ma figure et m'apprête à tenter de convaincre la vieille infirmière du collège… Deux trois grimaces, un simulacre de mal de ventre carabiné et elle m'installe sur le lit d'appoint. Ici je pourrai consulter mon téléphone tout l'après-midi. En fin de journée, je ferai celui qui va mieux et je n'aurai qu'à la convaincre de ne pas en faire part à mes parents…

Féenix

ElfEnzO > Féenix

Au fait, ça va mieux chez toi ? Tu ne vas pas au collège ? J'ai l'impression que tu es connectée 24h/24 !

Féenix > ElfEnzO

Je pense que l'équipe, toi, vous m'aidez vraiment. À aller mieux mais aussi à m'occuper l'esprit… J'ai l'impression que ça met un peu de lumière dans mon quotidien si sombre.

ElfEnz0 > Féenix

Tu ne réponds pas vraiment à ma question...
☺ Tu es énigmatique, parfois !

Féenix > ElfEnz0

Désolée, j'ai pas tout compris à ton délire...

ElfEnz0 > Féenix

Mon délire ? Je ne comprends pas...

Féenix > ElfEnz0

Allez, trêve de bavardages. Allons retrouver les autres !

Alors, ça donne quoi les pierres ?

Message de Féenix

J'ai trouvé une aventurine et une tourmaline chromifère !

Message de Ad-Rien99

Rien pour moi, je viens d'arriver !

Message de Knightgemme

Une tourmaline Santa Rosa* !

Message de Lil@RosElf

Je viens de trouver un péridot** !

Message de Ad-Rien99

* Pierre semi-précieuse de couleur verte.

** Pierre semi-précieuse de couleur verte.

Bravo, c'est impressionnant !

Message de Féenix

On va pouvoir continuer, l'inventaire est plein ! On sait où sont les druides ?

Message de Lil@RosElf

Certainement cachés dans le manoir des ombres.

Message de Féenix

Encore un nom qui fait froid dans le dos ! LOL

Message de Ad-Rien99

Qu'est-ce qu'on fait ? Tout le monde est là ?

Message de Féenix

Moi je dois partir. Vous avancez vers le manoir, et on lance le combat ce soir ?

Message de Lil@RosElf

Ok !

Message de MerlINchntrs

Ça me va ! Faut que je parte aussi.

Message de Ad-Rien99

Je serai là !

Message de Féenix

Je ferai ce que je peux.

Message de ElfEnz0

Si t'es pas là ce soir ElfEnzO, on ne pourra pas affronter les druides !

Message de MerlINchntrs

L'équipe a besoin de toi !

Message de Féenix

Je serai là, promis ! Je ne sais pas encore comment je ferai, mais je serai avec vous.

Message de MerlINchntrs

Féenix > ElfEnzO

Tu es vraiment précieux pour l'équipe, ElfEnzO !

ElfEnzO > Féenix

C'est gentil. Vous me mettez la pression ! LOL

Je vais essayer de ne pas vous décevoir.

Féenix > ElfEnzO

T'es un malin, toi !

ElfEnzO > Féenix

Oui, c'est ce que tu me dis tout le temps, mais tu dois être la seule à le penser. Mais je suis content d'être avec toi.

Féenix > ElfEnzO

Je suis contente si tu l'es !

ElfEnzO

— Enzo ! Ton téléphone ! me dit de nouveau Madame Chan, l'infirmière.

Déjà trois fois qu'elle m'assène la même remarque.

— Tu as l'air fatigué, ajoute-t-elle, mais peut-être que tu devrais lâcher ton écran.

Mais de quoi se mêle-t-elle ? J'enrage ! Être dérangé toutes les cinq minutes, ce n'est pas exactement ce que j'appelle de la tranquillité. À chaque fois, je me retourne et tente de cacher mieux mon téléphone, mais elle revient toujours…

— Enzo…

— Oui, ben c'est bon ! m'écrié-je alors. J'ai compris !

Je me surprends moi-même de m'énerver comme ça. Je suis épuisé, je le sais, je manque de sommeil et elle n'arrête pas de se répéter. Alors oui, je m'emporte ! Pourquoi personne ne veut comprendre que ce que je veux, c'est jouer ? Ils comptent sur moi et, pour une fois que je compte pour quelqu'un… Madame Chan, visiblement désemparée par mon ton, ne revient pas me voir. Tant mieux ! Dommage qu'il ne me reste qu'une demi-heure avant la fin des cours.

Dès la sonnerie, je me redresse et m'apprête à partir. Madame Chan se met en travers de mon chemin, les bras croisés.

– Jeune homme, es-tu venu ici juste pour pouvoir jouer à ton téléphone ?

– Quoi ? Mais non, je…

– Tu es sûr ?

– Mais oui, je vous ai dit, j'ai trop mal au ventre, et je suis fatigué… dis-je en forçant le passage vers la sortie.

Encore une fois, ma voix résonne dans ma tête. Qu'est-ce qui me prend de lui répondre ainsi ? D'ordinaire, je bégayerais, gêné, et mes joues auraient rougi en une seconde. Mentir, jamais je n'en aurais été capable avant. Avant quoi d'ailleurs ?…

Le trajet en bus me permet d'encore discuter avec Féenix.

Comment vais-je faire ce soir ? J'ai promis de me connecter pour qu'on finisse ce niveau. Impossible de refaire le coup que j'ai fait à Anthony hier, je n'ai pas judo aujourd'hui. Et quand je vais débarquer à la maison, je vais de nouveau être privé d'écrans. À cours d'idées, je ne parviens même plus à répondre à Féenix… Plus je vois défiler les paysages derrière les fenêtres du bus, plus je sens cette boule dans mon estomac grossir. Et si je ne trouvais pas ? Et si je manquais à l'appel ce soir ? Alors quoi ? Je n'aurais que des ailes alors que Lil@RosElf aura quoi ? J'imagine qu'elle va développer des aptitudes incroyables…

Le bus s'arrête. Je marche. J'ai envie de reculer. De partir. Loin. J'avance dans l'allée, et je déglutis. Le temps est-il toujours le même ? J'ai l'impression d'être au ralenti. Je sens ce malaise qui revient…

– Mon chéri, tout va bien ? Tu es livide.

– Je… je… On m'a volé mon portable, murmuré-je alors sans y croire.

Mon mensonge me fait baisser la tête. Maman me connaît. Elle va s'énerver, me vider les poches et me punir davantage quand elle l'y trouvera. Que me confisquerait-elle encore ? Je n'ai plus rien. Encore une fois, le temps s'allonge, je patiente, penaud face à elle… à attendre la sentence. Au lieu de ça, elle se précipite :

— Que s'est-il passé ? Ça va ? On ne t'a pas blessé ?

Je relève la tête et mes yeux sont au bord des larmes. Elle me croit ? Je ne sais même pas pourquoi je suis ému. Jamais je n'avais tant menti… Elle a peur pour moi, m'enlace, vérifie l'état de mon visage. Je ne fais que non de la tête. Je me sens vraiment nul de lui mentir de la sorte, mais avais-je d'autres choix ? Ça m'est venu comme ça. Je lui assure que tout va bien, que je préfère aller travailler, qu'elle ne s'inquiète pas. Dans ma chambre, je mets le mode avion de mon téléphone et le planque sous mon matelas. Qu'est-ce que j'ai encore fait ? C'est sûr que ça va me retomber dessus. Je me sens happé dans un mensonge, qui en entraîne un autre, puis encore et encore…

⊙

Papa et maman, à table, veulent des détails, mais je n'en donne aucun. Je suis novice dans l'art du mensonge. J'ai peur de m'emmêler les pinceaux. Plusieurs fois, j'ai envie de cracher toute la vérité. Elle est là, je la sens, bloquée dans ma gorge. Je m'étonne moi-même. Si je pouvais être honnête, et dire tout ce dont je me révèle capable de faire pour rejoindre mes amis, alors je tordrais le cou à cet idiot de docteur Bernard. *Fainéant*, disait-il ! Pfff. Je joue les terrorisés. Un gars de la classe a été racketté en début d'année et je me rappelle très bien comment il avait été choqué. Aucune question. Je ne montre rien, mais je me savoure. Eh oui, mauvaise nouvelle, Docteur, tu t'es planté en beauté, je ne suis pas fainéant, je suis malin… Mes parents me laissent aller me coucher. Je les entends chuchoter mais pas le temps d'écouter ce qu'ils disent, les autres m'attendent.

Ils sont tous là. Les druides n'ont qu'à bien se tenir ! Ne manque que Lil@RosElf – et moi qui m'inquiétais qu'elle gagne plus de capacités que moi…

Féenix > ElfEnzO

Et non, depuis ce matin, elle ne s'est pas manifestée… À croire qu'elle a compris que tu serais l'elfe élu pour délivrer la princesse. ☺

ElfEnzO > Féenix

Mais n'a-t-on pas besoin d'elle pour continuer la partie ? Pour ne pas revenir en arrière ?

Féenix > ElfEnzO

T'inquiète pas ! Ça va bien se passer.

En tout cas, heureusement que tu es de retour.

N'oublie pas qu'ensemble, on est plus fort !

Au début, nous décidons tous de l'attendre, mais elle n'apparaît pas... Alors, nous lançons le combat contre les druides. On est organisés, chacun à son poste, les chevaliers attaquent sur les conseils de l'enchanteur qui voit les sorts des druides et moi, en vol, je les entends venir de loin. Et toutes ces pierres qu'on a récoltées... Féenix est aux anges. Plus qu'un Dreadoc avant l'émeraude et la rencontre avec Killmort !

⊙

— Mais qu'est-ce qui se passe ici ?

Brusquement, la voix de papa me fait sursauter. Il débarque comme un boulet de canon, allume la lumière et extirpe la couette si vite que je n'ai pas le temps de cacher mon portable. Il est furax ! Ses yeux sont exorbités de colère...

— On t'a volé ton portable, hein ? hurle-t-il en essayant de l'attraper.

Je le repousse, j'éloigne le plus possible mon téléphone de lui. Je ne veux pas qu'il l'attrape.

— Donne-moi ça !

Il est hors de lui et je lui renvoie cette colère sans réfléchir, sans me contrôler :

— Je fais ce que je veux, c'est mon téléphone !

Sur ces mots, je vois maman, ahurie, qui arrive également dans ma chambre. Elle ne comprend pas ce qui arrive. Elle est inquiète. Qu'est-ce qui provoque ces cris en pleine nuit ? Un moment d'inattention, et il saisit mon portable. Je le tiens toujours. C'est un bras de fer qui commence, il le tire à lui à m'en déboîter le bras. Je ne lâche rien.

— Mais laisse ça !

Je suis tellement en colère. Je sens que mes joues sont en feu, que mon cœur est parti pour un marathon… Puis, d'un geste violent, il arrache le portable de ma main et le projette contre le mur. Celui-ci vient exploser au sol.

— Non ! ne puis-je m'empêcher de hurler. Qu'est-ce que t'as fait !

— Toi, qu'est-ce que tu fais, Enzo ! Tu nous mens ? Depuis combien de temps ? Qu'est-ce qui…

— Tais-toi ! C'est de ta faute, le coupé-je sans ménagement.

D'un bond, je me lève et le bouscule violemment. Il tombe en arrière et vient se cogner à mon bureau. Je lui en veux. Je le déteste. J'ai envie d'exploser à mon tour. En mille morceaux. Aussi bizarre que ça puisse paraître, mon cœur est dans le même état que mon écran de téléphone… Pourtant je le sens qui tambourine dans mes tempes. Je vois rouge, le souffle court, à cause de lui, j'ai perdu les autres à un moment crucial. Que vont-ils faire contre le Dreadoc sans aucun elfe pour entendre leur pas ? La seconde où nous échangeons un regard dure une éternité. La colère dans ses yeux fait place à la peur. Jamais il ne m'a vu tant en colère. J'ai envie de partir. Loin. Pour la deuxième fois aujourd'hui. Une autre seconde vient de s'écouler. Mes jambes décident pour moi. Je pars, je cours, je bouscule maman qui, envoyée contre le chambranle de porte, chute, elle aussi. J'étouffe, je ne peux pas rester. J'ouvre la porte de la maison, et je détale. Loin. Très loin…

Chaque foulée vient entrechoquer mes pensées. Mes idées fusent aussi vite que moi. Je suis pieds nus, en pyjama à courir dans la rue. Il est presque 3 heures. Je fais n'importe quoi. J'assiste à mes réactions sans comprendre qui je deviens. Je suis hors de contrôle, emporté dans une spirale qui m'aspire littéralement. Je suis épuisé. Je veux dormir, je veux jouer, je veux faire ce que je veux... Laissez-moi ! Je repense au visage de maman, par terre. Celui de papa qui a dû accourir l'aider à se relever. Je les ai encore déçus. Le fainéant a encore frappé. Je ne suis qu'un nul... Pourtant, je m'en moque, je ne pense qu'à une chose... Comment me connecter ?

Quand mes pieds deviennent douloureux, je m'arrête. Je m'assieds sur un banc. J'ai le souffle coupé. Je ne sais même pas où je suis... Et je n'ai aucun moyen de savoir combien de temps j'ai couru, ni de joindre un ami. D'ailleurs, quel ami, j'appellerais ? Le premier nom qui me vient est Féenix ! Puis Lil@RosElf ou un membre de l'équipe... Mais je n'ai jamais pris le temps de leur proposer une rencontre en réel. Eux non plus, d'ailleurs.

Je reste un moment là, dans le calme de la nuit. Le souffle et les battements de mon cœur revenus à la normale, je dois me rendre à l'évidence : j'ai froid. Je ne peux pas rester là. La seule idée raisonnable qui me vient est de rejoindre la maison de mes grands-parents. Ça ne doit pas être très loin...

Devant la maison, j'hésite un long moment. Je ne sais pas quelle heure il est, mais il m'a fallu longtemps avant de trouver la maison. Je grelotte. Ils sont réveillés, le salon et l'entrée sont allumés. Maman a dû les alerter. Elle a dû faire le tour de tous les proches chez qui j'aurais pu me réfugier. J'imagine son inquiétude mais je suis toujours remonté... Tout ça, c'est de leur faute. Je sonne et la porte s'ouvre vite.

Mamie me prend dans les bras et papy m'accueille avec une couverture.

— Viens mon petit, murmure-t-elle, je vais te donner une boisson chaude.

Qu'est-ce qu'ils leur ont dit ? Qu'ont-ils expliqué ? Leur version sûrement... et qu'en est-il de la mienne ? Je préfère ne rien dire. Eux ne posent aucune question.

— Je vais prévenir ta maman, d'accord ? me lance papy de sa voix grave.

Je fais un signe du menton. Rassurez-la si vous voulez, mais hors de question que je retourne chez eux.

— Ce soir, reprend-il, tu vas rester ici, si ça te va...

— Oui, je préfère, dis-je après m'être éclairci la voix.

— Ta chambre est prête, m'annonce mamie. File vite te coucher mon chéri, tu as des cernes.

J'acquiesce et je monte alors que papy est en ligne avec maman. Il fait des messes basses. Peu importe : à l'étage, il y a le bureau de papy, et il est équipé d'un ordinateur dernier cri…

À pas feutrés, je m'y faufile et, en quelques secondes, j'allume l'ordi et je me connecte au jeu. Qu'est-ce que… mais c'est impossible…

4

Diamant

Affrontement avec Killmort

ElfEnzO

Nous sommes passés au dernier niveau. Plus personne n'est connecté. Pourtant, je vois que nos tenues ont encore changé. Le décor est merveilleux…

Féenix > ElfEnzO

T'étais où ?

C'était stressant de ne pas te voir !

ElfEnzO > Féenix

Je suis désolé. Gros problème avec mes parents.
Que s'est-il passé ? Où sont les autres ?

Féenix > ElfEnzO

Les chevaliers et l'enchanteur se sont bien battus et leurs barres d'énergie sont au plus bas… Grâce à leur bravoure, nous sommes passés au niveau Diamant ! Killmort n'est pas loin.

ElfEnzO > Féenix

Et Lil@RosElf, elle est où ?

Féenix > ElfEnzO

Elle n'est pas revenue… Mais c'est la dernière ligne droite. En battant Killmort, vous réussirez à…

ElfEnzO > Féenix

... libérer la princesse ! Yes !

Je sens mes paupières lourdes. Si je reste plus longtemps, je sens que je serais capable de m'écrouler sur le clavier... Mais Féenix est bavarde ce soir. Je la connais, elle est surexcitée par la partie qui s'est jouée sans moi.

Féenix

Féenix > ElfEnzO

Ne me laisse plus seule comme ça, tu sais qu'être avec toi me fait du bien !

ElfEnzO > Féenix

Ça ne va pas mieux pour toi ?

Féenix > ElfEnzO

Ce n'est pas que je ne veux pas trop parler de moi, c'est que c'est... compliqué...

ElfEnzO > Féenix

Je m'inquiète pour toi, tu sais. Ton bel elfe est là si ça ne va pas !

Féenix > ElfEnzO

Je pense que l'équipe, toi, vous m'aidez vraiment. À aller mieux mais aussi à m'occuper l'esprit… J'ai l'impression que ça met un peu de lumière dans mon quotidien si sombre.

ElfEnzO > Féenix

C'est toi ma lumière ! Moi, j'ai fugué ! Je n'en pouvais plus de mes parents et de leurs règles débiles…

Féenix > ElfEnzO

Tu as fugué ? Mais tout va bien ?

ElfEnzO > Féenix

Oui oui t'inquiète ! Mais je suis content de l'avoir fait. Ras-le-bol ! Pourquoi tu dis toujours que tes problèmes sont compliqués ?

Féenix > ElfEnzO

C'est mon oncle…

Il… Il m'a enlevée à mes parents, je crois. Depuis, je suis sa prisonnière…

ElfEnzO > Féenix

Quoi ? Mais c'est super grave ! Il faut faire quelque chose ! Il faut agir ! Appeler la police, signaler ton oncle. Qu'est-ce que je peux faire pour t'aider ? Dis-moi !

Féenix > ElfEnzO

Lol. Merci l'elfe. ☺

Je vais y réfléchir... Tu as des nouvelles des autres ? De Lil@RosElf ?

ElfEnzO > Féenix

Je me demande pourquoi elle ne se connecte pas.

Féenix > ElfEnzO

C'est dommage. Elle sait que l'équipe a besoin d'elle.

Le soleil se lève. Je n'ai pas fermé l'œil de la nuit et, pourtant, je ne suis pas fatiguée. Cet elfe me met du baume au cœur. Et je suis trop excitée à l'idée de ce qui va se passer. Killmort, méfie-toi… Je sens presque déjà sur mon visage des embruns de liberté.

Féenix, toujours présente !

Message de Ad-Rien99

Je suis matinale !

Message de Féenix

J'adore les couleurs ! C'est trop fort ce jeu ! Les concepteurs sont des magiciens ! Tous ces reflets argentés, c'est splendide !

Message de Ad-Rien99

Salut ! Ouaip, même nos tenues sont assorties. Et cette fois-ci, on a tous la même. Enfin, j'imagine que Lil@ RosElf aussi. On verra quand elle reviendra ! MDR

Message de MerlINchntrs

Mais il faudra bien qu'elle se décide, sinon, retour à la case départ ! Arrivé au dernier niveau, j'aurais les boules...

Message de Ad-Rien99

Pas d'inquiétude : une fois arrivés au niveau Diamant, la règle change. Il va falloir en revanche recharger vos batteries !

Message de Féenix

Et ElfEnzO, il est revenu ?

Message de MerlINchntrs

Oui, juste après le combat ! Il a eu un problème de connexion. On a récupéré des pierres : il ne manque que la perle pour vous remettre à niveau.

Message de Féenix

On sait ce qu'il nous reste à faire alors !

Message de Ad-Rien99

Salut ! Classe les tenues ! On brille ! Normal, on est brillants, ha ha ! Et on affronte quoi déjà ici ?

Message de Knightgemme

Des sorciers et des mages !

Message de Ad-Rien99

Les mages sont experts en illusion... Il faudra être attentif. L'essentiel, parfois, est invisible pour les yeux.

Message de Féenix

ElfEnzO

« Mais tu as dormi là ? »

La voix de papy me réveille. Je ne sais pas quand j'ai fermé l'œil. Je suis toujours dans son bureau, devant l'ordinateur, l'écran est en veille et ma joue est collée au clavier. J'ai mal partout. Quand je me redresse, je sens que le clavier a marqué ma joue. Je m'étire mais je suis encore fatigué, je n'ai pas beaucoup dormi…

Papy veut des explications mais je ronchonne et ça suffit à le faire taire. Il m'apprend que maman a déposé, pour moi, des affaires. Elle est désemparée, me dit-il, et papa toujours en colère. Il accepte de ne rien leur dire de ma nuit sur le jeu si je lui parle… Je verrai ça ce soir. Je file sous la douche et, avant de partir pour le collège, je prends discrètement le téléphone de papy… Il m'en voudra sûrement mais tant pis. Je ne suis plus à ça près. En route pour le collège.

Si seulement Féenix m'en disait un peu plus sur elle. Son vrai prénom. Son adresse. Son collège. Je pourrais l'aider. Je sens bien qu'elle n'ose pas mais, moi, je pourrais tellement l'aider… Sur le chemin, même si je ne rêve que de m'endormir, je cogite. Et si Féenix était dans mon collège ? Si elle était dans ce bus que je prends tous les matins ? Que je la croise sans savoir ? Comme je regrette de ne pas être plus à l'aise avec les autres… C'est tellement plus simple derrière un écran. Je ne connais pas bien les gens, même ceux de ma classe. Laquelle de mes camarades serait privée de ses parents ? Je me rappelle qu'une fois, elle m'avait confié qu'elle s'en sortait sans aller en cours. Peut-être fait-elle l'école buissonnière ? Ou qu'elle est séquestrée depuis des années ? Non, impossible, j'essaye de me rassurer : comment son oncle lui permettrait-il de se connecter au jeu ? Elle a les moyens d'utiliser Internet. Ça doit être plus pervers que cela. Il doit exercer une pression psychologique sur elle. Si seulement j'en savais plus… Il faudrait que j'insiste davantage et que je lui demande.

Allez, le nouvel Enzo, n'attend pas…

ElfEnzO > Féenix

Je n'arrête pas de penser à toi… à ton oncle… Donne-moi ton nom ? Ton adresse ? Son nom ? Quelque chose pour t'aider… Sinon, je vais exploser.

– Tu as une sale tête, me lance Nadia à la sortie du bus.

Mais ce n'est pas possible… cette fille me suit ! De quoi se mêle-t-elle ? Je lui renvoie un sourire à l'envers comme seule réponse. Qu'elle aille voir ailleurs si j'y suis…

– T'as encore fait une nuit blanche ?

– C'est bon, tu me lâches steuplé ! je rétorque, en pressant le pas.

En passant à la hauteur de l'infirmerie, je vois mon reflet dans une vitre. C'est vrai que je fais peur. Mes cernes sont si marqués qu'on pourrait croire que j'ai deux yeux au beurre noir. Si les gens savaient que j'ai fait le mur cette nuit. S'ils pouvaient imaginer que le petit fainéant aux notes dégueulasses avait osé goûter à la liberté…

« Enzo ! » m'interpelle Monsieur Dubois.

Il y a des jours où on sait d'emblée que ça ne sera pas une bonne journée. Je traîne les pieds. Quelle morale va-t-il me servir aujourd'hui ?

« Tu me suis, s'il te plaît ! » dit-il en tournant les talons, m'invitant à emboîter son pas.

Mon téléphone vibre m'annonçant une réponse. Féenix ? Mon prof est de dos, il ne verra rien. Un coup d'œil à mon écran…

Féenix > ElfEnzO

Mais non, n'explose pas bel elfe !
Killmort n'est pas loin…

ElfEnzO > Féenix

Non Féenix, arrête avec le jeu. Ce n'est plus drôle…
Pourquoi tu parles de Killmort ? On s'en moque !

Je finis mon message sans regarder mon téléphone. Monsieur Dubois est entré dans la salle de rendez-vous. Que font-ils là ? Il n'a pas fait ça ? Il n'aurait pas osé…

Féenix

Je me sens légère aujourd'hui ! Ma libération est proche, ce n'est plus qu'une question d'heures. Ils ne pourront pas échouer. Encouragée par la fugue d'Enzo, j'ai bien essayé moi aussi de quitter ces quatre murs sordides. J'ai été jusqu'à la porte d'entrée. Il comatait en ronflant devant la télé, la pièce puait tellement l'alcool que ça m'a donné la nausée… Mais la porte était fermée à clef et je n'ai aucun moyen de l'ouvrir.

On les trouve où les druides ?

Message de Ad-Rien99

Dans la vallée des illusions.

Message de Féenix

On n'est pas très loin ! Vous êtes motivés ? On va jeter un œil ?

Message de Ad-Rien99

On est que trois ! Tu crois qu'on pourra les affronter s'ils sortent de leur tanière ?

Message de MerlINchntrs

On se planquera en attendant les autres dans le pire des cas !

Message de Knightgemme

Si tu le dis...

C'est jouable à ton avis, Féenix ?

Message de Ad-Rien99

Patience et imagination... À vous de réfléchir.

Message de MerlINchntrs

Tu nous aides sur ce coup-là ! LOL

Message de Knightgemme

T'es un malin, toi !

Message de Féenix

Tu radotes ! C'est l'excitation à l'idée d'être libérée ?

Message de Knightgemme

Non, pourquoi tu me poses cette question ?

Message de Féenix

Laisse tomber, va !

Message de Knightgemme

Désolée, je n'ai pas tout compris à ton délire…

Message de Féenix

On attend ce soir avant de se lancer ? On est proches du but, j'ai pas envie de tout recommencer à zéro parce qu'on a paumé nos elfes !

Message de Ad-Rien99

Si vous voulez, mais si ce soir ils ne sont pas là, on fonce quand même !

Message MerlINchntrs

Très beau, digne des plus belles fées ! Et ne perdez pas l'objectif de vue !

Message de Féenix

ElfEnzO

Mes parents !

Mais que font-ils là ? C'est un traquenard ? Si j'ai fui cette nuit, ce n'est pas pour les retrouver au collège avec ce traître de prof. C'est déjà lui qui avait provoqué ma descente aux enfers. Je reste interdit. Figé et presque pris de vertige.

Je sens, dans ma poche, le téléphone de papy vibrer.

Le regard de mon père me fusille sur place. Ma tête surchauffe et mes jambes défaillent. Maman est plus mesurée et l'inquiétude dans son regard déborde littéralement. Ils échangent quelques politesses et commencent à débattre de mon cas. Une élève aurait alerté Monsieur Dubois sur mon état. Mes sautes d'humeur, soi-disant, ma solitude. Qui peut se permettre de balancer comme ça ? Je ne parle à personne, quelqu'un cherche pourtant à me nuire. Pourquoi ? Est-ce pour ça que papa, hier, m'a grillé sous ma couette ?

Ça vibre encore. Que se passe-t-il ? Les mages, les sorciers… ils attaquent ? Mon cœur commence un marathon.

Et puis Madame Chan aurait également remonté mes propos d'hier. Papa est atterré. Maman prend sa tête entre les mains. Une larme perle au coin de ses yeux. La voir couler lentement le long de sa joue fait naître les miennes… Je suis bouillonnant, mélange de mille émotions. Entre colère et tristesse, la déception émerge et vient tout exploser. Pourquoi est-elle allée tout répéter ? Je suis désolé. Je n'ai jamais voulu mal lui parler ! Et après ? Ça ne lui arrive jamais d'être fatiguée ? Épuisée ?

Et le téléphone tremble toujours. Mon cœur s'accélère. J'aimerais pouvoir l'extirper de ma poche, répondre, jouer, combattre. Et si l'équipe était à défaut, sans moi ? Encore...

Puis papa relate ce qui s'est passé hier.

J'imagine qu'il va parler de ma fuite, de mon refuge chez mes grands-parents. Mais non, de ma course dans la nuit, il ne retient que la *violence*, comme il l'appelle, avec laquelle je l'ai poussé et avec laquelle j'ai fait tomber maman. Oublie-t-il pourquoi j'ai fait ça ? Bizarrement, il ne mentionne pas la raison de ma colère... Je revois mon téléphone éparpillé en miettes sur le sol de ma chambre.

Ça vibre encore, plus fort, plus vite. J'ai mal à la poitrine. Je veux répondre... Je veux savoir ce qui se passe. Et si c'était Féenix, qui allait mal et qui me demandait de l'aide ? Et si j'avais réussi à la convaincre et qu'elle me donnait les infos pour l'aider ?

Ce n'est pas un rendez-vous, c'est un tribunal et j'assiste à mon jugement. Le seul hic, c'est que je n'ai pas voix au chapitre. Dès que j'ouvre la bouche, papa me fait signe de me taire. Je sens que ça remonte en moi... que ça va déborder... encore...

La pointe dans mon cœur vient faire dans mon crâne un écho qui se mue en migraine. L'afflux de sang dans mes tempes est désormais au même rythme que ces vibrations dans ma poche. Ça ne s'arrête plus. Je n'ai toujours pas pu en placer une... Ils parlent de moi comme si je n'étais pas là. Je nage en plein cauchemar.

Encore une vibration. Ça tambourine dans ma tête, j'ai mal. Mes mains sont moites et je sens les fourmis monter le long de ma jambe. Je n'en peux plus, j'étouffe, je suffoque, je vais crever si je reste ici. Trop c'est trop. Je souffle fort... et je pars !

Je bondis, je virevolte vers la porte et je cours. Je cours à en perdre haleine. Je les laisse sur place. À leur tour de rester bêtes, de rester interdits...

Je détale. Je bouscule tout le monde dans les couloirs. Puis j'aperçois Nadia qui semble me fixer de loin. Je déboule vers elle et la balaie sur mon passage. Et si c'était elle qui m'avait concocté ce petit rendez-vous ? Je la vois bien aller rapporter à Monsieur Dubois… Cette fille, je ne l'ai jamais sentie. Avec son échiquier, c'est bien une stratégie de nulle, et toutes ses sollicitations pour jouer et ses remarques sur ma *sale tête*, comme elle dit… C'est sûr que c'est elle.

Je passe le portail. Mes foulées ne me permettent plus de sentir les tremblements de mon téléphone. Je n'ai qu'un objectif : partir.

Quand un point de côté me freine, j'ai l'impression d'avoir couru des kilomètres. Je me stoppe, plié en deux, j'essaye de reprendre mon souffle. Je consulte mon téléphone. Enfin ! Des millions de notifications. Le jeu, bien sûr. L'équipe. Féenix… Je passe mon doigt sur l'écran et je découvre son message.

Féenix > ElfEnz0

Mais on ne s'en moque pas du tout, ElfEnz0, Killmort est mon oncle !

Quoi ? Je ne comprends pas. Qu'est-ce qu'elle raconte ? Elle ne peut pas être sérieuse deux minutes. Je veux l'aider et elle est tellement dans le jeu qu'elle dit n'importe quoi. J'ai le souffle court, je n'en peux plus. Je me tiens le ventre, j'ai mal… Je lis en diagonale les autres messages.

Féenix, prépare tes affaires ! C'est aujourd'hui qu'on te libère !

Message de Knightgemme

Oui, les garçons sauvez-moi !

Ensemble, on est plus fort !

Message de Féenix

Il est quand même canon, ce jeu !

Message de Ad-Rien99

Tu es sûre que vous êtes de la même famille, Féenix ? Quand même, pas de chance d'être la nièce de ce monstre ! ☺

Message de MerlINchntrs

À mesure que je lis les messages, j'ai l'impression que tout s'écroule autour de moi, que mon monde s'engloutit sous la buée de mes yeux… Mon cœur n'arrête pas de tambouriner. Si fort. Je m'écroule sur un banc. Ça ne peut pas être possible… Je suis en plein délire ? Ou dans un cauchemar ? Je vais me réveiller…

— Enzo… Enzo… me surprend une voix que je reconnais.

Je me retourne. C'est Nadia, le souffle coupé, elle se tient pliée en deux, les mains sur les genoux à tenter, tant bien que mal, de retrouver une respiration normale. Elle m'a suivi.

— Tu cours vite, murmure-t-elle...

Qu'ai-je fait pour mériter tout ça ? Je n'arrive toujours pas à comprendre ce que je viens de lire. Féenix est fausse ? Elle n'a jamais existé ? Mais nous avons parlé des nuits entières. C'est mon amie. Je lui ai confié mes secrets, mes problèmes, elle a fait pareil. Impossible qu'elle ne soit qu'un ordinateur. Qu'une interface du jeu. Je ne peux pas m'être trompé à ce point... Et elle, que vient-elle faire encore là ? À me poursuivre... De rage, je me relève d'un bond :

— Mais lâche-moi à la fin ! Tu n'en as pas marre de me faire chier ? Va vivre ta vie sur ton échiquier de merde...

Hors de moi, je lui hurle dessus à m'en casser la voix. Je veux fuir encore, mais mes jambes n'en peuvent plus, je suis si fatigué. Je recule, je m'éloigne... quand je réalise que je suis sur la route. Une seconde et je vois cette voiture, comme un éclair...

— ElfEnz0, non... Attention !

Nadia ! Quoi ? Comment m'appelle-t-elle ? Comment peut-elle savoir ? Serait-ce possible que, depuis le début, je me trompe ? Lil@RosElf peut-elle être… Un flot de questions m'envahit mais la voiture s'approche si vite et je n'ai pas le temps de réagir. Le choc est violent. Je sens mon corps tout entier se briser. Je repense à mon écran de téléphone… Ma vie en mille morceaux. Trop pris pas le jeu, je n'ai même pas fait attention à la réalité. Cette fille contre laquelle je me suis énervé si souvent était aussi un elfe. Je ne verrai même pas à quoi ressemble Killmort. Je ne sauverai pas Féenix de son oncle. Je ne pourrai pas m'excuser auprès de maman. Je ne pourrai pas rassurer papa. Ce n'était pas moi. Non, impossible…

Je suis envoyé en l'air comme une boulette de papier. Plus léger que l'air. Je suis un elfe. Je vole, je décolle. Mes pieds ne touchent plus terre. Je suis mort de fatigue. J'ai perdu. J'ai tout perdu…

GAME OVER

RESTER VIVANT

La collection **RESTER VIVANT** est constituée de nouvelles et de romans qui parlent du monde d'aujourd'hui, en abordant sans détour les questions écologiques, sociales et éthiques qui émergent au sein de la société dans laquelle nous évoluons. Elle s'adresse en priorité aux pré-ados, aux ados... et plus généralement à tous les lecteurs qui résistent encore à l'asservissement des esprits, quel que soit leur âge. Ces livres ont pour ambition, en plus d'attiser l'imaginaire du lecteur, d'éveiller son sens critique et de poser un regard incisif sur nos comportements individuels et collectifs.

RESTER VIVANT

https://www.instagram.com/le_muscadier/

96 pages • 14 × 19 cm
10,50 € TTC
Parution : octobre 2018
ISBN : **979-10-96935-11-6**

Quelle étrange idée d'appeler un enfant Charlemagne ! Sans cet étrange prénom, Charly en est sûr, il serait un enfant comme les autres... à quelques adjectifs près. On le dit en effet trop distrait, dissipé, dispersé, *voire* discourtois, *au grand dam des adultes qui l'entourent. Et cela lui vaut souvent les moqueries de ses camarades.*

Charlemagne est dyslexique, dysorthographique *et* dyspraxique. *Mais qui a dit que les enfants* multi-dys *étaient bons à rien ? Tout le monde a un talent qui ne demande qu'à être révélé. C'est peut-être une chance d'être différent !*

96 pages • 14 × 19 cm
10,50 € TTC
Parution : février 2017
ISBN : **979-10-96935-46-8**

Sophia est une élève brillante. Mais, arrivée au collège, tout change. Ses notes baissent, ses amies l'abandonnent, l'angoisse la ronge. Jusqu'à ce jour où elle ne se sentira plus capable de passer la grille de l'établissement.

Avec l'aide de ses parents et de ce qu'il reste de ses amies, elle finira par poser des mots sur ses maux : elle souffre de phobie scolaire.

Un roman qui démystifie, invite au partage et à l'échange, sur un sujet qui touche de nombreux ados aujourd'hui.

194 pages • 14 × 19 cm
13,50 € TTC
Parution : mars 2022
ISBN : **978-2-38302-001-1**

Lilibellule, cyberprogressiste convaincue, reçoit pour son anniversaire une poupée savante, créée à son image, pour l'aider à améliorer ses résultats scolaires. Cléon, un camarade de classe, a, lui, épousé la cause humanilove, ce qui en fait l'un des rares jeunes de son époque à rejeter l'usage des androïdes dans la vie courante – et il ne se prive pas de le faire savoir par un activisme quotidien dans son collège.

Rien de bien méchant, jusqu'à ce qu'un grave événement propulse ces adolescents ordinaires dans une aventure où la vraie vie et la cybermort, la vraie mort et la cybervie s'entremêlent jusqu'à un dénouement renversant. Science-fiction ? Pas si sûr. Ce monde-là pourrait devenir notre quotidien beaucoup plus tôt qu'on ne le pense…

356 pages • 14 × 19 cm
16,50 € TTC
Parution : mars 2021
ISBN : **979-10-96935-85-7**

«PRIX COGNAC»
DU MEILLEUR ROMAN JEUNESSE
2021

En ce mois d'avril, tout allait bien pour Hugo, Vadim et leurs deux amis. Et voilà que, dans leur village paisible, quelqu'un est assassiné. Une personne qu'ils connaissaient bien. Or, très vite, les soupçons des gendarmes se portent sur l'un d'entre eux… Leur amitié résistera-t-elle à la véritable tornade qui balaie ce printemps placé sous le signe de la mort et des mensonges ?

RESTER VIVANT

https://www.instagram.com/le_muscadier/

184 pages • 14 × 19 cm
12,50 € TTC
Parution : octobre 2019
ISBN : **979-10-96935-38-3**

L'univers de Damien bascule le jour où il apprend, d'une part, que les Américains ont élu Donald Trump à la tête des États-Unis et, d'autre part, que sa mère envisage de refaire sa vie avec un psy qui anime une émission de radio destinée aux adolescents.

Entouré de ses amis proches, des lycéens connectés en permanence, il va tout faire pour tenter de discréditer le psy aux yeux de sa mère… jusqu'à commettre l'acte de trop et frôler la folie à son tour.

192 pages • 14 × 19 cm
13,50 € TTC
Parution : mai 2020
ISBN : **979-10-96935-50-5**

Violette et Arnaud, lycéens de 17 ans inséparables depuis la 5e, entretiennent une relation qui ne cesse de s'intensifier. Ils s'aiment. La vie est belle…

Violette, très active sur le web, anime un forum littéraire et un blog où elle exprime sa passion d'écrire. Mais, après une fête à Paris organisée par les membres du forum, elle n'est plus la même. Arnaud, qui n'était pas présent lors de la fête, s'inquiète et veut comprendre.

Que s'est-il passé cette nuit-là ? Et pourquoi ne parvient-elle pas à s'en souvenir ? Ce roman à deux voix va le dévoiler, en montrant que l'amour et la parole peuvent s'avérer de puissants remèdes à la plus dramatique des situations.

88 pages • 14 × 19 cm
10,50 € TTC
Parution : septembre 2021
ISBN : **979-10-96935-90-1**

Quand Théo rencontre Kim, il est aussitôt attiré par ce mystérieux lycéen qui vient d'emménager dans son village. Grâce à Kim, Théo, un peu paumé, se sent valorisé.

Il devient quelqu'un. *Mais, de fil en aiguille, l'histoire d'amitié se transforme en histoire d'amour, de plus en plus exclusive. Un amour toxique qui les mènera au bord du précipice.*

120 pages • 14 × 19 cm
11,50 € TTC
Parution : juillet 2020
ISBN : **979-10-96935-63-5**

Après le succès de son précédent ouvrage Et si demain..., *Michel Piquemal récidive avec ce nouveau recueil de nouvelles de science-fiction. Onze courts récits aussi percutants que corrosifs, donnant à voir les dérives possibles d'un monde bien proche du nôtre – celui de demain.*

Et si demain... l'humanité devenait stupide ? Et si demain... on pouvait espionner l'intime de chacun ? Et si demain... l'argent avait une date de péremption ? Et si demain... nos toutous portaient des lunettes ? On y grince des dents, mais toujours avec humour.

L'ensemble brosse un avenir qui ressemble à s'y méprendre à ce qui est déjà un peu notre inquiétante réalité.

RESTER VIVANT

https://www.instagram.com/le_muscadier/

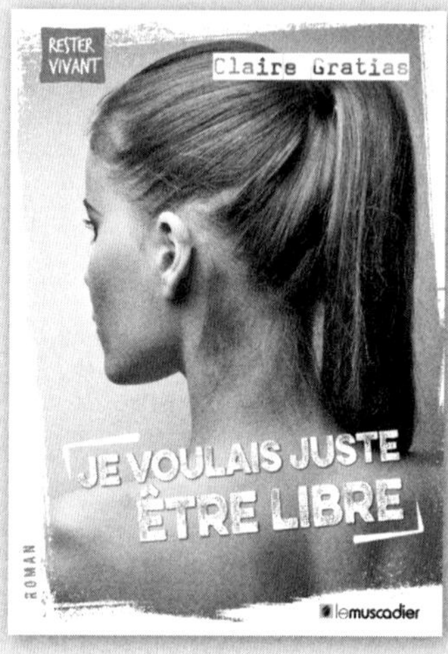

216 pages • 14 × 19 cm
13,50 € TTC
Parution : mai 2019
ISBN : **979-10-96935-32-1**

Pourquoi Manon, 16 ans, réputée pour être une fille très sage, s'est-elle enfuie de chez elle un soir de juin ? Pourquoi sa mère a-t-elle attendu si longtemps avant de signaler sa disparition ? Pourquoi Salomé, qui était pourtant sa meilleure amie, n'a-t-elle plus aucune nouvelle d'elle ? Et pourquoi Valentin ne veut-il pas révéler jusqu'où il a accepté d'aller par amour pour Manon ?

Si chacun confie ce qu'il sait, peut-être percera-t-on, au final, l'énigme de cette étrange disparition – celle d'une jeune fille qui rêvait juste d'être elle-même, en toute liberté.

168 pages • 14 × 19 cm
12,50 € TTC
Parution : mai 2019
ISBN : **979-10-96935-31-4**

Guyane 1916. Bagne de Saint-Laurent-du-Maroni.

Juliette, 16 ans, est la fille du commandant du pénitencier. Elle est fiancée à un officier deux fois plus âgé qu'elle pour lequel elle n'éprouve aucun sentiment amoureux. Roméo, 22 ans, est un bagnard condamné aux travaux forcés. Franc et charmeur, il est souvent victime de son incorrigible impétuosité. Tout les sépare mais, un soir, leurs destins se croisent.

Un amour impossible ? Et pourtant...

Dans ce roman plein de surprises et de rebondissements, Yves-Marie Clément revisite le Roméo et Juliette *de Shakespeare, et plonge ses lecteurs et ses lectrices dans une version tropicale de cette ode à l'amour qui invite à transcender les différences.*

206 pages • 14 × 19 cm
13,50 € TTC
Parution : février 2022
ISBN : **979-10-96935-97-0**

Tout oppose les lycéennes Clara et Amélie. Pourtant, elles sont très amies depuis leurs années collège. Mais quand il est question d'installer dans le village un foyer de jeunes migrants, rien ne va plus. Il faut dire qu'Amélie est la fille du maire de la commune, très hostile à ce projet. Tandis que Clara, dont le rêve est de devenir journaliste, s'enthousiasme à cette idée. Au fil des évènements, les deux ados vont s'éloigner, évoluer chacune de leur côté, puis se retrouver enrichies de l'expérience que leur apportera la question de cet accueil.

396 pages • 14 × 19 cm
16,50 € TTC
Parution : février 2022
ISBN : **979-10-96935-98-7**

Une jeune gendarme lancée à la poursuite d'un évadé de prison découvre un cadavre près d'un refuge de montagne. La victime est mineure, les indices sont rares, mais des témoins mettent en cause le fugitif.

Au même moment, des parents signalent la disparition de leur fils de 14 ans – un fait d'autant plus inquiétant que le poignard planté dans le corps sans vie pourrait appartenir à l'adolescent.

Que s'est-il passé ? Les évidences pourraient être trompeuses. Et si l'assassin n'en était pas à son premier meurtre ? Une course contre la mort s'engage sur les pentes abruptes des sommets pyrénéens.

Pour aller plus loin,
flashez le QR code ci-dessous

ou rendez-vous à l'adresse
https://www.muscadier.fr/catalogue/over-game/

Ce livre est imprimé sur un papier composé de fibres naturelles,
renouvelables et recyclables, fabriqué à partir de bois issu
de forêts qui adoptent un mode de gestion responsable et durable
– respectueux de la biodiversité, des équilibres écologiques
et de la stabilité économique des populations locales.

Achevé d'imprimer par
Pulsio France

Loi n° 49-956 du 16 juillet 1949 sur les publications destinées
à la jeunesse, modifiée par la loi n° 2011-525 du 17 mai 2011

Dépôt légal : avril 2022

Imprimé en Union européenne